天地吟

雲霞 著

友誼之果（火龍果）

白玉黃瓜

蒜你美（先生種的蒜）

愛葫說（可以請我跳隻舞嗎？）

榆錢夢（榆樹葉）

別了，秋葵！（秋葵花）

台大憶往（第八、九女生宿舍）

寂寞沙洲冷（雁群）

海外女作協2012年會（左起張純瑛、簡宛、雲霞）

醉美台中（2012世界女記者與作家世界年會）

紫藤廬之約（台大同學合影）

寫給立立（聖地牙哥海灣夜景）

跪拜於雙親墓前

母親攝於姊小女兒墨潤婚禮上

母親與我合影於2011年10月

古崖居——班德利爾國家遺跡公園（聚會場所）

聖塔菲國際民俗藝術市場

古蜀道上的咽喉——劍門關

古蜀道上的明珠——翠雲廊

走進德州（休士頓太空中心）

走進德州（東德州石油博物館）

推薦序一

有情天地的雲彩霞光

吳玲瑤

第一次聽到「雲霞」這個名字，覺得真美，腦中出現的幻象是雲彩霞光，再想著雲霞有時也用來比喻百花，更喻指有文采，讓人想到張養浩元曲裡：「雲來山更佳，雲去山如畫，山因雲晦明，雲共山高下。倚仗立雲沙，回首見山家，野鹿眠山草，山猿戲野花。雲霞，我愛山無價，看時行踏，雲山也愛咱。」的意境，還有唐朝詩人杜審言的「雲霞出海曙，梅柳渡江春」般的詩意。

雲霞的確是個多才多藝的女孩，能唱歌能跳舞，還能考上第一志願台大外文系，懂得享受生活，瀟灑創作，所以造就了她文字清新誠摯，表達日常生活的情趣以及對生命的熱愛特別生動。這些年來她在散文寫作上，不斷提昇自我，力求突破，讀她在世界日報和聯合報的部落格，驚豔於她把版面安排得如此溫馨美麗，無論是新詩、散文、短篇小說或旅遊文章，除了如摯友般親切的交談、情思感悟的分享、激盪彼此的紅塵心事外，也與大家一起品評溫馨之際的情感流瀉，竟然創造出二十萬以上的點擊率，也許她的文章最合適網路年代，忙碌世界裡她典藏著有情天地的雲彩霞光，能提煉出生活的奧妙與哲理，加上她拍照技術特別好，一張照片代表千言萬語，讓人如身歷其境，很有參與感，配上好聽的音樂，與文章的內容相呼應，吸引更多粉絲造訪。

幽默談愛釣魚的老公，分享家中後院的瓜果蔬菜，家居生活寫得實在有趣，倆人同床做同夢，只是不同時，夢見非把對方搖醒來證實甚麼的夢。寫理工先生和文學太太的相處，或說是急先生與太太的對壘，極為傳神。先生出差時可以偷得浮生半日閒，「白天，坐在窗前，看朵朵白雲在藍天飄浮，變化出各種美麗的圖案，耳邊不時傳來悅耳的鳥聲；黃昏時，閒閒地端杯茶，到後院走走，聞聞玫瑰花香，看看金魚在池塘優游，數數仙人掌開了幾朵花？哼上一段他不愛聽的國語老歌；晚上，涼風輕拂，還有明月相伴。這真是天上人間，好不愜意。簡直忘了，今夕是何夕？」寫父母的愛，深深親情令人動容，又寫到臺北和台大外文系的老同學相見的感想是：「想來人生每個階段的風景皆不同，只能任那千帆，於斜暉脈脈水悠悠中，悄然過盡。」這種富哲思的感概，就是作者的好手筆。她寫的旅遊文章特別好看，因為是用心用眼用情來寫，人景風景文化景相互交融，讓讀者也玩了一趟似的。

與雲霞的相識也算是一種緣分，緣起於我為星島日報寫了二十多年的專欄，其中好幾篇提及有關海外女作家協會的事，雲霞看了說對這個協會很有興趣，報社把這信息轉到我這兒，我們開始通信，發現她文筆很好寫作很勤，又是灣區好友郭譽珮台大外文系同學。雲霞希望也是我們女作家協會一員，我自然應該幫忙，入會的條件是要出過書，通過審查才能得到認可，就介紹她去紐約一家出版社出書，她的第一本書《我家趙子》就這樣面市了，也因著這本書她通過申請進入女作家協會，正式成為協會會員，開始了嶄新的創作生涯。

許多事情就是這樣湊巧，剛認識雲霞不久，世界日報副刊的前主編要來美國玩，同行的是一位藝術雜誌的總編，倆人結伴要去新墨西哥州參訪一處藝術創作的聖地，問我可認識那兒任何人，剛剛認識的雲霞不就住在那兒？於是為她們牽線介紹，雲霞和先生是熱情的人，一口答應當導遊，我因為無法前去與大家會合，在開心之餘趕緊寄了兩百元美金，請他們夫婦代請編輯朋友一起吃一頓大餐，好玩的是雲霞還把帳單和剩的幾拾元錢寄回給我，他們夫婦也從此和編輯成了朋友，朋友有來有往，回台灣時雲霞夫婦也受到熱情招待。

這些年來她筆耕的成績驚人，不論質或量都有大量提升，二〇一〇年出版了《人生畫卷》，如今又累積了數十萬字的成績，恭喜她又將有新書出版，讓我先睹為快，我真喜歡她這些細膩有味，親切動人的作品，雖然淡寫輕描，卻意境深遠，饒有韻味，如雲彩霞光要一看再看，忍不住推薦這本《天地吟》給更多有情讀者共分享。

二〇一四年初春於加州

推薦者簡介：

吳玲瑤，海外華文女作家協會第十屆會長，西洋文學碩士。著有《女人的幽默》、《明天會更老》等五十多部書。文筆以機智幽默見長，死忠讀者深入各階層，在世界各地演講收到熱烈追捧。研究這一代留學生歷史，她的作品是不可或缺的資料。《美國孩子中國娘》上美國中文書暢銷排行第一名，主持美國電視台KTSF節目《文化麻辣燙》極受歡迎。

推薦序二

恬淡而意韻深遠

張純瑛

雲霞近年在聯合報開部落格，刊登的文章精心搭配美麗圖片和動聽音樂，屢屢成為高點擊率的排行榜前茅。欣聞她將出紙本書，謹獻上一份薄禮，略談我對其人其文的瞭解。

認識雲霞迄今只有六年，感覺上卻彷彿多年好友。

二〇〇八年我去拉斯維加斯參加海外華文女作家協會第十屆雙年會，大會安排甫入會的雲霞與我同房。她隨和好相處，我們又都深愛文學，一見如故，此後不時互通電郵；在報上讀到彼此文章，會交換看法。台北和武漢雙年會上再度見面，一同加入會後旅遊。相處時間最多的那次，是二〇一二年結束大會招待的三峽遊，我們兩對夫婦另外組了一個私人小團，前往川西山區和川北舊蜀漢領域玩了八天，其間曾被一位惡司機兼導遊欺負好幾天，有上了賊船之難，於是油生患難之交的銘感；每晚兩對夫婦在大街小巷找餐館，在壯麗風景和悠久古蹟前互攝，則是有樂同享的難忘回憶。

川北回來不久，我在世界周刊上讀到雲霞兩篇遊記：〈古蜀道上的明珠——翠雲廊〉和〈古蜀道上的咽喉——劍門關〉。文筆非常典雅優美，她寫翠雲廊：「遠望翠雲廊，它像條蒼莽的綠色巨龍，跨越深澗溝壑，蜿蜒逶迤於崇山峻嶺之間，蟠環在古驛道上，氣勢磅礴，鬱鬱蔥蔥，一顯它古樸拙壯的雄風。進入景區，身臨其境時，看那古柏，根根粗壯如磐石，枝柯遒勁，綠葉繁茂。抬頭仰望，它傲然高聳，樹冠如雲如蓋，直插霄漢。」將翠雲廊幽蒼古雅的韻致，再度活色生香地呈現在我面前；而且「道兩旁的古柏形態萬千」，她娓娓陳述這些古柏的「長勢、外貌和歷史傳說……相應的名字。」記得我們在當地僅停留一小時左右，雲霞居然可以在她的文章裡鋪陳了十分豐富的史料典故，不流於生硬堆積，而是趣味盎然地導引讀者一面回顧歷史，一面賞看奇景，這是何等精練的寫作功力。

她寫劍門關的文字也相當大氣：「雄踞關口的劍門關樓，終於氣勢恢宏地呈現眼前。兩崖石壁如刀砍斧劈，平地拔高一百五十多米，長五百多米，寬一百餘米，底部寬五十多米，真是『兩崖對峙倚霄漢，昂首只見一線天』，難怪李白在〈蜀道難〉內有：『黃鶴之飛尚不得過，猨猱欲度愁攀援。』進而有：『劍閣崢嶸而崔嵬，一夫當關，萬夫莫開』的讚譽。它扼古蜀道咽喉，成蜀北屏障。若想進攻蜀地，必先攻下這個天險，因此它是歷代兵家必爭之地，成為四處瀰漫著硝煙的戰場。不走劍門蜀道，不知蜀道之難！」「一夫當關萬夫莫敵」的險峻氣勢，從紙上昂然偉立，逼人眼睫而來，讓我重溫行旅劍門關時滿心讚嘆的悸動。

〈古崖居——班德利爾國家遺跡公園〉，同樣將寫景與寫史圓融無縫地交織成一篇引人入勝的旅遊紀實，令讀者對新墨西哥州的這座印地安人廢墟心生無限嚮往。

雲霞遊記寫得好，除了文字功力外，還有她細膩多感的心靈。〈憶「寂寞沙洲冷」〉一文敘述在新墨西哥州的阿帕契國家野生動物保護區賞鳥，看過成百雁群離地起飛的雄渾聲勢，一般遊客大概就心滿意足打道回府，雲霞卻說：「沒一會兒，雁啊鶴的，都飛走了。我們也收拾好相機，準備離去。轉身時，瞥見在一塊沼澤裡，有幾隻雁，怯怯飛起，又落在另一個沙洲上。這情景較諸剛剛的千軍萬馬聲，更牽扯我心。」於是她想到蘇軾的〈卜算子〉：「……驚起卻回頭，有恨無人省。揀盡寒枝不肯棲，寂寞沙洲冷。」在〈古崖居—班德利爾國家遺跡公園〉文中自道：「常來『班德利爾遺跡公園』的我，走在兩邊有高大松樹的步道上，松風陣陣，彷彿吹送來祖靈們的切切私語。啊！歲歲年年，他們不捨離去，靈魂依舊在這片愛戀的廢墟中流連徘徊。滿懷著敬意，與他們心連著心，我行行復行行，似將自己亦走成了印地安人！」雲霞對幾隻落單的孤雁生出憐惜之心，就像她長年行走於印地安廢墟而產生對這弱勢族群的敬懷，顯現經典作品如《紅樓夢》、《戰爭與和平》中不可或缺的「悲天憫人」襟抱。

雲霞在詩詞上的深厚素養，使得居家生活也充滿了恬淡中的怡情。幾篇描寫園圃栽植的文章，介紹那些果蔬的文字中，不時穿插了詩句，既詳說了它們的歷史，也為原本容易流於瑣碎的文章，注入優雅的文學氣息。例如：〈白玉黃瓜〉、〈別了，秋葵！〉等文。

從這本書裡，讀者認識到的雲霞，對父母姐弟很重感情；對朋友細心關懷；對文藝活動衷心賞愛；與丈夫志趣相投地安居於華人不多的新墨西哥州，一躬耕於後院，一筆耕於文壇；不時出外遊山玩水；過著無疑神仙美眷的日子。這本恬淡而意韻深遠的文集，或許能讓讀者體悟，所謂幸福，其實不在擁有名利權勢，而是存乎一心——一顆善於自日常生活品嘗出回甘滋味的玲瓏慧心。

二〇一四年三月廿三日於馬里蘭州

推薦者簡介：

張純瑛，臺大外文系學士，Villanova大學電腦碩士。目前為電腦軟體工程師。散文集《情悟，天地寬》榮獲華文著述獎散文類第一名。另獲世界日報極短篇小說獎、旅遊文學獎等五項文學獎。另著有《那一夜，與文學巨人對話》、《天涯何處無芳菲》等文集，為莫札特、莎士比亞、雨果作傳，譯有《飄鳥集》。作品多次入選海內外文選。曾任華府書友會會長，創立華府音樂賞析沙龍。嗜讀《紅樓夢》，撰寫系列文章，經常應邀到各地做藝文演講。現任海外華文女作家協會副會長兼執行長，二〇一四年十月出任第十三屆會長。

推薦序三

似雲如霞彩筆飛

荊棘

繼《我家趙子》和《人生畫卷》之後，雲霞又有新書即將出版。承蒙她看得起，讓我為她寫序。我倆雖然相識不久，卻有一段同住新墨西哥州卻擦肩而錯過了的因緣。我一到美國便住阿市，讀書工作一住七年，後來從密西根州回來，在南部的拉斯庫斯城更是住了長達二十五年，這還是我一生中住得最久的地方。新墨西哥州人煙稀少，是一片空曠遼闊的沙漠高原，我漸漸習慣了這兒的寂靜和孤獨，喜歡在無邊的長空下獨步，傾聽野狼在深夜成群嚎嘯，在大河邊修建了我們的沙堡，也開闢了自己的農場。只是不免惋惜此地中國人太少，能夠分享文學興趣的人更是沒有。雲霞在一九九九年自加拿大搬來阿市，我卻在二〇〇二年遷往加州，雖有近三年的重疊，也曾在世界日報上看到她文章後面「寄自新墨西哥州」的字樣，卻是始終沒有結識的緣分。

二〇一〇年在台北的海外女作家雙年會上我們終於見面。我們一見如故，好像有那麼一份情愫，只有聽過那夜深沙漠狂風呼嘯，看過陽光下晴空萬里無垠，撫摸過被時光雕刻成形的古老紅岩的人才能領會。這以後我們在二〇一二年武漢的女作家協會再見時，就是熟朋友了。去年十二月，她還盛情以助，遠來參加我們聖地牙哥華文作家協會的年會，並在我家小歇。雲霞下筆敏捷，速度之快令人昏眩；她從我家去了墨西哥海灣釣魚度假，一回到家馬不停蹄地就寫了〈給立立〉一文。把這一個旅程寫得詳盡仔細，熱情洋溢，報導得巨細無遺。

這本新書分為五部：田園詩、浮世詞、蘭亭歌、思親賦與海天頌，詩詞歌賦頌一蓋無遺。田園詩內是寫的家居中一些植物花卉和它們後面的故事；秋葵的花朵和果實，白玉黃瓜的淵源，仙人掌結出的火龍果，紅皮的蒜你美，葫蘆在歷史中的經典等等，讓我這學過園藝而無處可施展的人深深羨慕雲霞的田園之樂。浮世詞內有生活中悲歡的記憶，有一些值得一讀的好文章。蘭亭歌包括紫藤廬邊老友相聚，及一些與女作家們的聚會和參觀，裡面有很多我們共同的記憶和經驗。思親賦是記念她父母的文章，讀者感到雲霞失去母親的悲慟，也為她失智父親哭笑不得的事而唏噓不已。海天頌記載一些新墨西哥州、德州和四川等地的旅遊。這中間有些文章我已經在報章或部落格拜讀過，這一次有次序地逐一欣賞。

雲霞的文章親切平和一如其人，她的筆觸細膩而溫馨，述說清晰平實。最令人佩服的是她超人的記憶，能夠把事件敘述得詳盡而真實。她對萬物充滿了溫柔，所以能以情為經愛為緯，把生活中的故事織成一真善美的有情世界。從她的文章，你可以看到她一生是這麼順利和幸福，始終被濃厚的愛情包圍；她成長在樸實的台南，家裡有慈祥的父母和親密的姐弟，她從台南女中和台大外文系畢業，後來嫁了一個百般體貼的俊哥，三個孩子現在也已成長。她在加拿大金融界曾有一段成功的事業，隨丈夫搬到這個找回原工作不易的新墨西哥州後，才開始寫作。她一寫下來就筆耕不息，下筆迅速，所以才有這麼多產品。

她的部落格積存她大部分的文章。看雲霞的部落格是一大享受，在讀她的文章之餘，還可以看看精彩的相片，聽聽配合得妥當的音響，甚至有時還有錄像配合。雲霞善用網絡把部落格作得出色，使她的文章有聲有色如雲似霞，還大量引用研究和考證；引誘我這非部落格者，也想往這方面試試。部落格使文章快速出現，利用媒體的活用和多元，導致作者與讀者之間的親密互動，實在是報章遠不能比的。

出現在〈我在哪裡？〉、〈走訪「力馬生活工坊」〉、〈台南行　品古韻〉和〈阿里山之歌〉的人物風景，是雲霞和我同樣的經驗。令我極端佩服而又茫然不解的是，當時並沒看到雲霞在那兒忙著抄筆記作記錄，她如何能寫得如此地清晰仔細？她又勤於筆耕，同樣的經驗被她創作出至少四篇文章，而我才不過短短一篇。她的〈走訪「力馬生活工坊」〉與我的〈桐花之歌〉寫的是同一天的事，卻是兩篇完全不一樣的成品。如果可以用畫來比喻文學的話，我覺得雲霞的文章是工筆細膩的寫實派，而我的是抽象性的即興水墨。雲霞的觀察細膩，記憶非凡，實在是個寫報導文學的好人才。

她的旅遊文章也有這種詳盡而實際的特色，怪不得常被世界周刊採用，是很好的旅遊指南。這些旅遊文章之中，我偏愛那描寫古蜀道上咽喉和明珠的兩篇，雲霞引經據典，把以往三國時代的風流人物與眼前的蜀山漢水連成一氣，用山川的靈秀襯托出故人的精神。相比之下，那四篇德州的文章好像就缺乏了一點這種精神；作為旅遊文章它們當然是足夠的，可是以雲霞的天賦來說，似乎可更深一層地進入當地的文化和社會，撲捉德州的風貌和氣質。新墨西哥是我們兩人結緣之地，在這塊極為蒼涼的土地上，有奇異的景色，豐富的歷史和多元的文化。我盼望雲霞多寫幾篇這方面的文章，用她工筆細膩的寫實手法，再進一步去尋找這形相後面的精神，讓她如雲似霞的文章飛舞起來。

二〇一四年三月十七日於加州

推薦者簡介：

荊棘，台灣長大，美國醫事技術師，教育心理博士，在美大學任教授三十年，具美國諮商心理註冊執照，發表過近四十多篇英文學術論文。在台大讀書時，寫了出名的「南瓜」一文，出版了《荊棘裡的南瓜》，《異鄉的微笑》，《蟲及其他》，和《金色的蜘蛛網：非洲蠻荒行》，記述她在非洲從事心理發展工作的經歷。近年來為月刊《華人》以朱立立本名寫〈身心健康在於我〉專欄，後集成一書，已於二〇一二年底出版。中國三聯出版社已於二〇一四年一月底出版她的《荊棘與南瓜》。

推薦序四

妳似明月

喬琪

我說妳似那月，溫柔而皎潔的月，含羞而淘氣的月，堅貞從不缺席的月，在那天方一角，綻放著靜美和馨香。

我們隔著幾乎地球上最遠的距離，十五個小時的差距。常常一天的忙碌後，我的夜晚，妳那兒卻是日正當中。我遙望天邊的月，想起不曾謀面的妳，透過文字，總是帶我去遨遊，與我心契。

你用你的筆，描繪出天地間的一景一物；只能意會，不可言喻的，更多是人與人之間的珍惜。妳真誠的筆，帶我們一起探望過妳的父親，感受過他那令小女兒充滿溫暖和安全感的胸膛，和那雙大手；認識了自小機靈，在宿舍外頭央求郵差幫忙叫門的妳；在大學舞會裏，踩著三寸半高跟鞋，衣袂飄飄、舞動青春的妳；也和妳一起心疼過妳年邁的母親，在妳去國多年後，回來小聚，又再度離家的那一天，將妳稱讚、喜歡過的被單，細心清洗折疊後，堅持要妳帶出國的心情……

妳不只一次地說過，「一生都是為了母親而活」，沒有真正愛過或被愛的人，怎能了解這樣一份超越生死的情懷呢？你寫到雙眼失明的老父，心靈感應到母親已經離世的事實，就在妳姐姐轉身的那一剎那，淘氣地掙脫了人世，奔去與老伴團聚，妳為不能見他老人家的最後一面而懊悔。我們讀之亦為之嘆息。

然而大部分時候的妳，是快樂的。

透過妳的筆尖，我們彷彿和妳一同在紫藤廬裏遇見了《西藏生死書》的譯者鄭振煌教授，與妳那群氣質高尚的同學，共度了一個溫馨寧靜的下午。看妳的文，我們也在湖北東湖，聆聽了當代最傑出的幾位海外女作家：陳若曦，嚴歌苓，張翎，施叔青，尤今女士，她們的演講，分享她們旅居海外，如何以女性獨特的觀察力，持續不輟地創作出跨文化背景，兼具時代意義的作品，那份堅持與使命感。

妳重視友情，當妳寫出與荊棘和其他許多前輩作家在聖地牙哥的歡聚，讓身為她們粉絲的我們十分驚豔。妳也寫和摯友肖娟四十年後的重逢，妳們結伴遊遍德州，夜裏，先生們出門海釣，妳們促膝長談，就像回到了少女時期。

然後每每驚喜地讀妳的「田園詩歌」，妳說妳們住在美國新墨西哥州，那兒是高地沙漠型氣候，四季分明，冬季氣溫甚至可以冷至攝氏零下二十度，你們將一顆顆，各式各樣的種子埋在深冬的土裡，等候明年早春時的萌芽，看它們在寒凍中奮力求生。

春之溫煦，夏之暴烈，秋之靜候，冬之深埋，周而復始的四季輪替，正如充滿著考驗與驚喜不斷的人生，總是聽妳娓娓道來。

經年累月，妳的夫婿趙子在那兒開墾出一片良田，菜圃裏種滿了豌豆、黃瓜、蘿蔔、萵苣、韭菜、辣椒、冬莧菜、葫蘆瓜……

為了好友乃賢自遠方特地寄來的五顆「火龍果」植株，你們細心照養著，「一日不止看三回」，待這小樹長成半人高，你們大費周章地買來拖車，將這最終重達二百磅的大寶貝，日日室內戶外地拉進拖出，只因它嬌貴的身軀，需要陽光，又不耐風寒，終於等到花開，結出珍貴的「友誼之果」，你們歡呼了起來。

這篇〈白玉黃瓜〉最令我喜愛，那瓜純白，入口微苦，樹藤蔓延出去，讓妳想起無所不在的純潔母愛，妳將結成的熟瓜清洗切條後鹽醃，再淋上母親生前做的辣油，供在她遺像前，與她分享這生前未曾嘗過的美味。

而〈愛葫說〉總讓我笑，妳家趙子細心選種和培育，並把「後院裏最好的那塊地留給它們」，花開結葫，姿態不同；在廚房裏聽著圓舞曲的妳，想像細腰葫蘆對垂視它的天鵝葫蘆說「請我跳支舞吧」，矮葫蘆知道自己的下部渾圓，身材並不美麗，也就圖個歡樂，像極了被妳們夫婦寵慣的兩個孩子，有趣極了。

妳也為打工時的老友小徐寫了篇〈榆錢夢〉，說到一次在家附近的路口無意中撞見他口中的「榆錢樹」：童年時家鄉鬧饑荒，為了活命吃榆樹裡面的澱粉，那清甜的滋味。「他眼神的迷離樣兒，彷彿記憶中那一串串隨風搖盪的榆錢，已將他輕輕地搖回了故鄉」，妳多希望如今渺無音信的他也能在此共享這幸福的一刻；在生命中曾交會過的朋友，總是無時無刻地牽動起妳的心。

我說儘管家中百花爭豔，妳卻是妳家趙子此生唯一願意傾身以生命相護的那朵花兒，妳說沒那麼浪漫唷，文章中感性的妳只是生活的一角，而終日家務不停的妳，平日似農婦多些。你們兩人的性情是如此之不同，他熱愛農耕和海釣，而妳是靈秀的文人，妳的一言一行他都攬上心，對妳的一句「薑不行，蒜可試」就是承諾！來年妳家院子裏就收穫出大把紅通通的美蒜。為了他，妳也甘願做農婦。然而妳終究是妳，在廚房裏幻想「與葫共舞」快樂的妳，在書房中徜徉文學，靜思寫作的妳，在睡夢中相依的，在餐桌上對望的，在沙漠的夕陽下和他棄車狂奔，尋找救援的妳；一生無怨無悔，相依相伴的一個影。

一個愛動一個好靜，千山萬水妳們總是同進同出，起早摸黑地往下一個目的地奔赴，除了遨遊天地，有時是去見妳思念的人，或是圓他的釣魚夢。讀你的遊記很過癮，妳總在新奇的所見所聞中，設法穿插進去豐富的歷史資料與地理特殊性，襯托以文學，藝術和民俗的典故，在此處特別看得出妳做學問時之嚴謹。妳永遠「我思，我筆，寫我心」，不拘特別的形式，但篇篇遊記讀來都是知性與感性兼具，且充滿著趣味性。

記得妳寫「古蜀道」的這兩篇，在那個天氣陰霾的下午，跟隨妳雷霆萬鈞的筆，我們彷彿回到了戰雲密佈的三國，走了一趟「難上青天」的蜀道，「飛湍瀑流爭喧豗，砯崖轉石萬壑雷」，親見了險峻而絕美的天然險阻，見證了驚心動魄的征戰歷史，感受了峻嶺深澗的「劍門關」，江山多壯麗，古今征戰幾人回？一時的執著罷了，妳回頭用溫柔的筆寫著諸葛亮的瀟灑聰明，「劍門豆腐」的滋味繚繞，和「翠雲廊」如明珠般的珍貴韻味，其巨大古柏蔥鬱茂盛地蜿蜒至天邊，景色與情致，讀之令人嚮往不已。

人世間只有最親密的人，此生腳底踩著的是前後的步伐，眼眶裏裝著一致的風景，任憑歲月荏苒，年華逝去，無論在家，在天涯，接近妳，總是感到如此地真誠與溫暖。這一篇篇的好文，讓人嗅不出人世的滄桑；識不得人間的虛假。

我說妳是「人和集和，人美集美」。

慶賀妳的書出版，也祝福妳的人生。

二〇一四年三月廿四日於香港

推薦者簡介：

喬琪（Siena），加州大學柏克萊分校企管碩士，現任國際投資銀行香港分公司執行董事。

游走於金融界與文學領域中的自由創作者。

在UDN的部落格名稱為：blog.udn.com/christine1116

自序

有情天地

自從二〇一〇年出版了《人生畫卷》一書之後，轉眼，已過了四年。

這段期間，不管再忙，依舊戀戀於文學園地。白天雜事紛擾，一俟夜臨，周遭靜寂，經常深宵不寐，振筆疾書。不禁自問：為什麼拼著睡眠不足，尤其是寒夜孤燈下，還這麼持續地書寫？

想是內心深處，積澱著的喜怒哀樂，恆常於腦海中盤旋、胸腹間激盪。當將這些紛亂縈懷的思緒轉化為文字時，豈止是立使一顆激盪騷動的心安定？而字裡行間流露的真情與精心搭配的優美音樂及圖片，更是誠邀讀者與自己心靈對話，證諸我於聯合報網站設立的「有情天地部落格」上，格友們的熱烈回應、切磋互動即是。

文字的魅力，深深吸引了我，徜徉悠遊其間，「沉醉不知歸路」，無視東方之既白。夜晚，在這片寧謐清淨的天地中，泡一壺好茶，如同醇酒，淺酌低吟，輯出下列〈詩、詞、歌、賦、頌〉篇章：

田園詩：於後院的塵沙黃土間，先生奮力開墾耕種。望著茂盛的翠綠葉片與果實——葫蘆瓜、白玉黃瓜、紅皮大蒜……還有他細心呵護的火龍果，不由得讚頌：他辛勤的成果柔化了粗獷的沙漠視野，綠化了餐桌上的素樸盤飧。

於格蘭德河旁的步道上，怡然走過春夏秋冬。看大自然譜出動人的田園詩曲，尤其那隨風款擺的榆樹，輕輕搖盪出記憶中小徐的榆錢夢。

浮世詞：〈悲莫悲兮生別離〉，高秉涵的故事讓我潸然淚下。悲傷的除了生離，還有大學同學林宜勝的死別；然而生活並不全然是那麼灰色，部落格裡有歡樂的拉拉手活動，拉出〈荒島樂曲〉裡兒時的歌唱記憶、〈惘然記〉裡青澀的成長歲月、〈跳舞，也瘋狂？〉裡醉人的曼舞回憶……啊，紅塵浮世裡有道不盡的悲歡離合、人生百態！

蘭亭歌：自從加入「海外華文女作家協會」後，就期盼每兩年舉辦大會時，能於演講及會後的旅遊活動中，親炙文壇前輩與文友們的文采風華。

與幾十年不見的大學同學首度相聚於紫藤廬，那份歡欣悸動可想而知。充分領會「朋友是琴，演奏一生的美妙；朋友是茶，品味一世的清香；朋友是筆，寫出一生的幸福；朋友是歌，唱出一輩子溫馨的祝福。」

思親賦：前年母親罹患胰臟癌，三個半月後辭世。她走了，我人也空了。不敢相信，再也見不到她了，齧心的思念與痛，讓我崩潰。撕心裂肺地嚎啕大哭，狂喊著要她回來！隔年父親也走了，沒能趕上見他老人家最後一面，心中的憾恨綿綿無盡期。風雪中，跪拜於雙親墓前，怎一個慟字了得！

海天頌：先生與我皆愛好旅行，不管是上山——川西的劍門關、翠雲廊與懷俄明州的魔鬼塔，或下海——墨西哥Rocky Point與德州蓋文斯頓的海釣，親自去探訪與體驗當地的風俗民情與史地文化。有人說旅行就是從你住膩的地方，到別人住膩的地方，於我們則不然。我們也挺喜歡遊走於自己所居地新墨西哥州一座座的廢墟間，尤其是古崖居——班德利爾國家公園。從遺跡裡，不僅了解它地質的變化與形成，更從它厚重的歷史，看見代代印地安人迫於生活環境教人心疼的大遷徙；也從藝術與民俗展會裡，看見此城豐富多樣的文化面貌。

感念老同學肖娟、鳳北夫婦的熱誠款待與導覽，讓我們對德州出名景點——聖哈辛托戰場紀念公園、休士頓太空中心、石油博物館等的歷史背景、發展源起與進程有了進一步的認識。

《天地吟》一書的出版，首先感謝吳玲瑤、張純瑛、荊棘與喬琪於百忙中寫推薦序，為此書增色添輝。能與她們結緣，我何其有幸！

二〇〇六年在星島日報寫了篇〈作家夢〉，沒料到編輯轉告吳玲瑤，這位馳名海內外以幽默文章見長的大作家，竟親自打電話來關切，充分展現她為人之熱忱。接聽電話的一剎那，我嚇一跳，好興奮。能成為「海外華文女作家協會」的一員，全是她的指導與鼓勵之功。她是我進入文壇的伯樂！飲水思源，對她的不吝提攜後進時時感念於心。

二〇〇八年第一次參加女作協舉辦的大會，被安排與文采斐然的張純瑛同居一室。她的文章每於報上刊出，我總是一讀再讀。見她的第一眼，「腹有詩書氣自華」的神采直飛入眼簾。那時我剛自九寨溝旅遊歸來，旅途勞頓染上風寒，夜裡不時咳嗽，擾她清眠，心生歉疚，她卻絲毫不以為意。繼此緣起，我們時通電郵外，更結伴遊了此生難忘的川西與川北。

荊棘大名如雷貫耳，知她住過新墨西哥州，二〇一〇年開大會時，我特意尋找她的身影，對她生出一種如同她在序裡所寫——只有聽過那夜深沙漠狂風呼嘯，看過陽光下晴空萬里無垠，撫摸過被時光雕刻成形的古老紅岩的人才能領會的情。去年還遠去參加她主持的聖地牙哥作協年會，近距離的接觸，體認她學養俱佳、熱情爽朗、處事幹練明快，予我印象深刻。返家後，立即提筆傾心寫了〈給立立〉一文。

二〇一一年我於聯合報網站成立了部落格。在浩瀚如海的部落格中，發現諸多臥虎藏龍的高手，其中一位就是喬琪（Siena）。她文筆理性與感性兼具，盡顯豐沛才情。她不只貼心地在格友們的部落格留言，更仔細認真地回覆於她格上的每一則留言，冷靜分析事理下，包著的是一顆柔軟的心。幾番文字來往，我們雖未曾謀面，卻心有靈犀，似熟稔多年。

感謝部落格裡結的另一份緣，即是我旅遊天水麥積山石窟歸來，寫了一首〈開示〉：

秦嶺煙雨　在眼前變換
善男信女　在腳底祈願
奧秘人生　如浩瀚經典
緣深緣淺　於滾滾紅塵　幾世輪轉

啊　該如何將其悟參　佛藹然
佇立無言千年萬年　僅默默示現
啊　該如何將其悟參　佛藹然
虛空無盡十方八方　自在靜觀

蒙文壇女詞人飛天青睞，並經林兮老師潤飾譜曲，張政宇編曲、演唱，飛天並將其製成優美影片上傳Youtube上（https://www.youtube.com/watch?v=LADSnZdtOYM）。讓這首〈開示〉有了靈動的生命！

張鳳是我女作協的文友兼部落格的格友，她推薦我前兩本書《我家趙子》與《人生畫卷》給哈佛燕京圖書館收藏；「北美華文作家協會網站」的主編姚嘉為與「北德州文友社」社長陳玉琳來函邀稿，皆是我莫大的榮幸，於此一併致謝。

先生是我文章的第一位讀者，常提供寶貴意見，並陪同我出席作協會議，感謝他的全心鼓勵、協助與一路相伴。

秀威資訊科技公司責任編輯陳思佑女士及其團隊楊家齊先生、秦禎翊先生的精心編輯、排版、設計與校對，讓此書質優典雅地面世，對他們的辛勞銘感於心。

衷心感謝親朋好友、老同學、作協的文友、部落格的格友與不認識的讀者們對我一貫的支持與愛護。

活在這麼一個有情天地，我滿懷感恩！

二〇一四年三月卅一日於新墨西哥州

目次

浮世詞

蘭亭歌

思親賦

海天頌

田園詩

友誼之果

冬日，一室清冷，太陽從廊簷透過玻璃窗斜照進來，帶來一絲暖意。就著那點陽光，先生特別把種了兩年的盆栽火龍果樹，置放窗邊。這不耐寒的熱帶植物，我們不曾奢望它會開花結果，只希望它能耐過高地裡的寒冬。

數年前，我寫了篇〈仙人掌果〉，歌頌我們這半沙漠地區特有的植物。花開時，杏黃、桃紅、粉紫，繽紛地點綴著滿山遍野。秋天時，結的絳紅色果，飽滿豐潤。剖開兩半，裡面的籽形如石榴，粒粒晶瑩如紅寶石。入口清甜，只可惜果皮上滿佈細刺。老同學乃賢閱此文後，即告訴我同屬仙人掌科的火龍果比仙人掌果好多了。沒刺，味甜性涼，食用有利尿清肺並消暑解渴等諸多好處。她極力推薦，說我們該種火龍果，還熱心地給我們裝盒寄來五截約八英寸長的植株。

以前住台灣時，還沒火龍果，這幾年才開始風行。對它毫無認識，感謝乃賢的一番盛意，趕緊上網查看。火龍果係原產中美洲的熱帶水果，台灣種植後，在火龍果的品種改良及栽培技術方面已取得突破，開始了大規模生產。主要品種有三：白火龍果（紅皮白肉）、紅火龍果（紅皮紅肉）和黃火龍果（黃皮白肉），各有特色。白火龍果：口感一般，但產量高；紅火龍果：口感比白火龍果好，但產量不高；黃火龍果：口感最好，且有香味。不知我們這幾株屬哪一品種？看著網上的圖片，我已開始憧憬日後枝條上懸掛著火龍果的美景。

它的花與曇花相似，花朵大，晚上七至十點開花，日出後即凋謝。太好了，不只是果吸引人，還有這麼淡雅的花可供欣賞。可是當我看到它喜高溫多濕之氣候，不耐寒，不能低於攝氏四度，我怔住了，剛剛的喜悅一掃而空。乃賢定以為我們這新墨西哥州，位處美國西南，又是半沙漠地帶，氣候一定暖和，殊不知，我們這裡海拔高，冬天經常是攝氏零度以下，有時甚至低到攝氏零下廿度，這屬熱帶的火龍果怎麼活得下來？得此認知：我們絕不能將它種於室外，只有種盆內，春天從室內移出，冬天再移入防寒。

那時是十一月，天漸涼，先生把它先種在小盆內，看會不會活？小心呵護，一日不止看三回，就擔心沒照顧周全，辜負乃賢迢迢寄來的美意。為了吸取足夠的陽光，春天一到，先生就買個直徑約廿五英寸，高約十五英寸的大盆來，便於日後它在內有足夠的空間生長，並買來營養的腐殖土，倒進盆內，然後將它由小盆移種至大盆內。想想春天天氣不穩定，乍暖還寒，一到晚上，還是搬進屋內較安全，不過這麼重搬不動，得買個大推車來拉才行。

兒子陪著先生進出園藝中心，備辦所需，幫忙將大盆搬上推車，他好奇地問：「算算總共約花兩百美金，平常只需卅元就能買棵果樹，幹嘛為這幾截樹棍兒花這麼多錢，每天還得費力地將這近兩百磅重的車拉進拉出？」他不明白，感於乃賢這份情誼，我們決心努力種好以報。在我們心底，友情是無價的！

夏天，看它一寸寸長高，側生出許多枝條來，挺茂盛地。撐住它的棍子也一再由短換長，周圍還用多根繩子把它圍繞圈起，幫助支撐。看來噸位是益發重了，今冬，拉它進屋就更顯吃力。

前幾天，打餐廳前面過，眼角餘光，瞥見火龍果枝條裡好像有什麼東西藏著，近前一看，我大聲驚呼，嚇得先生趕緊跑過來，「看！它結果子了！」沒想到趁我們出門長途旅遊期間，它悄悄開了花結了果，我們就跟中了彩票似地歡呼，總算沒辜負乃賢的一番心意。雖僅只結了一個，但心裡怕養不好它的那塊石頭終於落了地。

待它熟透，小心翼翼地摘下，剖開一看，哇！是紅火龍果，好清甜。兒子從沒吃過，也沒見過這種像鱗狀皮的水果，他興奮地直問：「這叫什麼果來著？」「它呀，叫火龍果。」突然靈光一現，我追加一句：「它又叫『友誼之果』！」

白玉黃瓜

先生自退休後，忙於後院耕種，享受田園樂。整個夏天，吃自家清新可口的菜蔬，免於買市場青菜附有農藥的恐懼，真好！

那天，他從菜園裡拎著幾條淡青白色的瓜進門，我欣喜地大叫一聲：「苦瓜！」，心想它一向難種，試過幾次，都沒能長好，這次怎麼種成了？待他走近，方瞧見這瓜身沒有一粒粒突起，它不是苦瓜，模樣兒倒挺像黃瓜，可黃瓜不是綠色的嗎？

入口一嚐，清香脆嫩，確定那味道就是黃瓜。我立即給它取了個雅致的名字——白玉黃瓜，還給它拍照留念。不曾見此地市場上有賣，從前在台灣，也沒見過，不知現在可已有栽種？問先生哪兒來的籽？他說是朋友從她母親裝菜籽的罐裡翻出來的。她母親從沒種過，現年紀大了，更不會種。她說擱置多年，不知這籽還管用否？索性送我們試試。

上網查黃瓜，看看這白瓜是不是它的近親？只看到全是對黃瓜的介紹：一年生草本植物，原產於印度，是西漢時張騫出使西域帶回來的。汁多味甘，具清熱、解渴、利尿、消腫之功效，更是美容養顏減肥聖品，還有一堆的食譜大全，就是沒看到對這白色黃瓜的說明。

要不我打進「白玉黃瓜」這四個字試看看？沒想到果真有：山東海陽特產白玉黃瓜。原來它早就有了這名字，我還沾沾自喜給它取了這麼個美名呢。它俗稱白黃瓜，又名「梨園白」，是海陽市種子站從地方品種中經過多年選育培植而成。好奇心驅使下，我立至後院菜園，瞧瞧它與綠皮黃瓜有何不同。正好兩種瓜隔鄰而種，比較下，除了白玉黃瓜的葉片顏色略淺，瓜的表皮沒有刺瘤較光滑外，兩者艷黃的花朵與莖無甚差別。

看它藤蔓延伸，欣欣向榮的樣子，不由得想起唐朝章懷太子李賢的《黃台瓜詞》：「種瓜黃台下，瓜熟子離離。一摘使瓜好，再摘令瓜稀。三摘猶良可，四摘抱蔓歸。」這首樂府民歌，語言自然樸素，寓意蘊藉深婉。諷諫生母武則天，切勿為了政治上的爭權而傷殘骨肉親子，否則猶如摘瓜，一摘、再摘，採摘不已，最後必是無瓜可摘，抱著一束藤蔓回來。唐高宗死後，武則天掌權，李賢還是難逃被逼自殺的命運。想到這兒，心中十分感嘆，原來並非天下所有的母親都會全心全意地為兒女著想。

而我，何其幸運，擁有為兒女奉獻一生的母親！遺憾她老人家去年辭世。此時，忽然好想念她。若母親還在，看見滿園綠油油的菜蔬，尤其這黃瓜，肯定好開心。從小，「涼拌黃瓜」就是家裡餐桌上常見的開胃菜。

趕緊折回廚房，將這白玉黃瓜洗淨切成小條，用鹽醃一下，然後倒掉鹽水，接著放調味料：大蒜、醬油、糖、醋、麻油，最後淋上母親生前做的辣油。聞著都香，這道菜很有「媽媽的味道」。

我盛出一小碟，供在母親遺像前，悄悄說：「媽，好想好想您，您可好？在那邊可有黃瓜吃？嚐嚐看，這是您從沒吃過的白玉黃瓜……」

蒜你美！

小時候家住台南，鄰居姜家是北方人，性喜麵食。不時地蒸包子、饅頭、包餃子等，有時還送過來給我們這南方人嚐嚐。我尤其鍾愛模樣可人的餃子，吃進嘴裡，簡直是人間美味。姜姊姊告訴我，得一口餃子、一口蒜，那才叫過癮。我試著照做，咬一口蒜，生辣味頓時嗆喉不說，還覺得滿嘴臭味，沒敢再試。

日後我們家也學會了擀皮、包餃子。母親將吃法加以改良，把蒜切成碎粒，加入醬油、辣油、醋、麻油，做成沾料。我先吃幾個沒沾醬料的，品嚐它的原滋原味，後續的才沾料。這時候的蒜，已不嗆喉，入口恰到好處，蒜成了吃餃子時不可缺的最佳配料。從此，我愛上了它，也不嫌它過後所遺的臭了。這種沾料還普及在各種涼拌菜上，燒豆瓣魚、麻婆豆腐、炒空心菜……時，更得用蒜，那股蒜香，讓人餘味無窮。

當自己成了家後，隔上一段時間，總會包餃子吃，全家總動員。我擀皮，孩子包，先生負責切蒜與煮，那是最好的親子時光。自搬到新墨西哥州，家中人員減少，剩下我們倆。想念餃子時，我還是會揉麵、擀皮、兼包餃子，一貫作業。用碎肉或魚加上後院韭菜來做餡兒，偶兒也吃素餡兒。有時特意多揉點麵，好拿來做蔥油餅。先生依舊負責切蒜、煮餃子、煎蔥油餅。兩人合作無間，美美吃上一頓。啊！沾上蒜料，真的是人間美味，吃得我倆心滿意足。

蒜，在家常生活飲食中佔了極重要的位置。記得多年前移居國外後，思念的家鄉菜，超市裡未必全有，但是這蒜卻是中外超市都有得賣。有時沒注意，以為還很多，怎麼沒幾天就用完了，店又不在附近，於是開上一段路去買。事後想想不合算，這油錢比蒜還貴，索性等下次去超市採購時再一起買。將就著，沒蒜炒出來的菜，味道就是差了點兒。

每年一到春天，先生就開始在後院忙豁著，撒籽種了許多菜——豌豆、黃瓜、蘿蔔、萵苣、韭菜、青椒、辣椒、番茄、生菜、苦瓜、南瓜、葫蘆瓜、冬莧菜、秋葵、芥蘭……生產季節，就我們兩人，哪吃得完？五分之四拿去送人。整個夏天都不用買菜，不過為了薑蒜，還是得去超市。我問先生這兩樣能否自種？他說薑不行，蒜可試。

去年九月，他將超市買回的許多大蒜，一粒粒掰開種下，任它埋在土裡過冬。今春發出嫩苗，漸漸長大，蔥綠喜人。沒臘肉，來個蒜苗炒煙燻香腸或鹹肉也不錯。先生留下大部分不摘，讓它繼續長，在土裡結成鱗莖。六月初，他將大蒜全部拔出，哇！一棵棵豐碩飽滿，外皮紫紅，神氣漂亮極了。

為了它異於常見的白皮，我上網去查：白蒜產量多，味道淡，含油低；紅蒜產量少，味道辣、香，含油高。呵呵！先生種對了。繼續看下去：張騫使西域還，得大蒜……蒜含有大蒜素，有促進食欲、殺菌、提高免疫力、降低血液中膽固醇含量等功效，是防治心臟病、高血壓和老年性痴呆症等疾病的蔬中良藥。難怪，於全球興起了一股「大蒜熱」。在日本，已經培育成無臭大蒜，它的營養價值甚至遠高於普通大蒜。

網上還列大陸新聞，標題：「『蒜你狠』又發威　蒜農觀望」。大蒜減產，蒜農惜售，批發價半月翻一番，月內零售價已從每斤兩元漲至八元，創下今年以來的新高，而且還有繼續走高的趨勢。只要是蒜，都有人願意收。業內人士認為，正是今年的收購熱情，放大了減產的預期，為炒高蒜價創造了環境。

原來二〇一〇年，蒜價曾飆升至十五元，於是有了「蒜你狠」橫空出世一詞。陸續看完這些報導，再看看我家的蒜，忍不住對著它高呼一聲：「蒜你美！」

愛葫說

去夏，在朋友家吃到她後院栽種的葫蘆瓜。嫩綠的皮，雪白的肉，溽暑，入眼清涼，入口清淡。先生讚不絕口，打定主意，今年自家來種。

三月，待超市及園藝中心的架上，一擺滿一袋袋琳瑯滿目的種子，他即迫不及待前去尋找葫蘆瓜，挑選了兩樣不同的品種——細腰葫蘆及天鵝葫蘆。因以前從沒種過它，純係新挑戰，他格外上心，將後院菜園最好的一塊地留給了它。

今年天氣怪異，冬天欲去還留，比往年冷得久些，先生按捺下蠢蠢欲動的心，耐心等到五月初，天終於暖和了，不再乍暖還寒。於是，他先鬆動泥土，混進營養的腐殖土，再播下種子，最後啟動自動噴水裝置。

晨起，首要之務，於薄霧氤氳中，視察他的菜園。看看種子發芽沒？是否有野草參雜其中？眼看著發出的小苗一天天長大，搭起個架子，讓它恣意攀爬。一片黃土地上，轉眼已是綠意盈盈，還開出朵朵白花，藤葉間開始藏不住那急著想探出頭來的小葫蘆。真快！沒幾天，小葫蘆就成了大葫蘆！

葫蘆瓜形肖葫蘆，所以稱做葫蘆瓜。別名：蒲瓜、瓠子、匏、蒲子、長瓜等，為葫蘆科一年生攀緣藤本植物。細分下，果實長者稱「瓠」，圓者稱「匏」，扁圓形者稱「扁蒲」，上下粗而中間細者稱「葫蘆」。原產熱帶亞洲、印度、非洲，古埃及時代即有栽植記錄，為世界性古老作物之一。

它在中國的栽培歷史亦已超過兩千年。最早於《詩經》即有記載，如〈豳風・七月〉云：「七月食瓜，八月斷壺，九月叔苴，采荼薪樗，食我農夫。」壺即瓠，全句意為：「七月就可以吃甜瓜，八月割斷葫蘆蒂，九月拾麻子，採了荼菜砍伐樗樹枝，我們莊稼漢也該有的吃。」〈邶風・匏有苦葉〉云：「匏有苦葉，濟有深涉，深則厲，淺則揭。」意為：「葫蘆長成葉子枯，濟水的渡口有深淺。深的地方就把葫蘆繫腰間，淺的地方就把葫蘆背上肩。」《楚辭》之〈九懷・思忠〉則有「援匏瓜兮接糧」。意為：「佩戴成熟的匏瓜果去接運糧食。」北魏賈思勰所著之《齊民要素》，亦有專門論述葫蘆瓜的種植、管理與經營。明朝鄭成功為獎勵官民墾植，曾自福建、廣東沿海地區引進蔬菜，葫蘆瓜自此傳入台灣。由於它栽培容易，產量豐盛，目前已成為夏季重要蔬果之一。盛暑，沒胃口吃燥熱的肉，蔬菜又不是樣樣甘鮮，而它，營養豐富，質地清涼，水分多，味清淡，具有清暑解熱之功效，正是吃它的好季節。

一般市場銷售品種常為瓠瓜和匏瓜，葫蘆雖可食用，但果形中間有細腰，削皮料理不如前者方便，所以常用來作為裝飾品或工藝品。由於它老熟後果皮質地堅硬細緻，容易刻畫上墨，於是結合雕刻技巧，賦予它靈秀古樸的氣質，而發展出風韻獨具的「匏刻」藝術。有些學校及藝社，甚至拿它作為素材，教導學生在上揮灑塗抹，繽紛的色彩與圖案盡顯海闊天空的創意；這不只讓學生認識了雕刻藝術，更學習到相關知識，知道「葫蘆裡究竟賣啥藥」，也體會到「葫蘆裡的乾坤有何妙事」。

老阿嬤時代，乾了的葫蘆瓜，常被一剖為二，拿來當舀水的瓢用。這瓢讓我想起了顏回，《論語》中孔子說：「賢哉回也，一簞食，一瓢飲，居陋巷，人不堪其憂，而回不改其樂，賢哉回也。」顏回「一簞食，一瓢飲」安貧樂道的精神傳為後世佳話。

有關葫蘆，浮上腦海的還有另一人，即八仙中的鐵拐李。他手持葫蘆，滿載靈丹妙藥，走入民間，濟世為懷。這葫蘆正反映出一種包羅萬有，呈多元面貌的傳統民間精神。

將葫蘆作為文化研究，則更具有獨特而悠久的歷史內涵：

神話傳說遠溯至盤古開天劈地，這盤古就是槃瓠，而槃瓠亦即葫蘆。這葫蘆不可思議地竟成了人類的先祖。在古代經典《禮記・玉藻》中，找到有關古時祭禮的記載：「瓜祭上環」。所謂「祭上環」，就是把葫蘆切斷後（成環形），取用與莖蒂相連的那一環，表示不忘記根本。不忘根本，就是不忘先祖。很顯然，這是「葫蘆先祖」觀念的擴大與延伸。

《禮記・昏義》中還有一條古俗：男女成婚，合巹而酳，所謂合巹而酳，就是將葫蘆剖開為兩瓢，用線把兩個瓢柄相連結，然後盛酒供男女各執一瓢合飲，用兩瓢之相合，象徵夫婦之合體，所以「合巹」就是成婚之意。

《詩經》中之〈大雅・綿〉：「綿綿瓜瓞，民之初生，自土沮漆。古公亶父。陶复陶穴，未有家室。」這瓜瓞就是葫蘆，綿綿，即生殖連綿延續。葫蘆繁衍不絕，它的子孫也就綿延不絕，就是此詩的真諦。

在民間的傳統中，葫蘆除上述的「多子多孫」、「長久不絕」的引喻外，還因葫蘆與「福祿」的諧音相同而具有多重的吉祥象徵意義。在許多喜慶場所或民間住處，皆見以葫蘆形象的裝飾和祝福，可見葫蘆文化在民俗傳統中佔據了相當重要的地位。

至於飲食方面，它更是普及的民間菜餚。有位好友一再跟我們強調，他小時候常吃的「瓠塌子」是人間美味，至今仍讓他懷念不已。我猜大概就是將葫蘆瓜切絲加蝦米、蔥花、麵粉、蛋、鹽、胡椒粉，煎成兩面金黃的葫蘆瓜餅。

在我們家就是簡單的兩用煮法：將葫蘆瓜切塊兒，加蝦米、香菇、木耳、粉絲，灑上點蔥花，煮成一大碗菜，如想當湯就多加點水或高湯。如想豐盛點兒，可加瑤柱、淡菜等海味。不喜海味，則可以排骨代。

我常一邊煮飯一邊聽音樂，一首快華爾滋正在開放式廚房的廳間流盪。瞥見剛從菜園裡摘下放於吧檯上的葫蘆瓜，此情此景，將它擬人化，讓我有了聯想——細腰葫蘆對垂視它的天鵝葫蘆說：「可以請我跳支舞嗎？」天鵝葫蘆斜眼瞄了一下細腰葫蘆的身材，渾圓的下半身頗具份量，於是，嗯嗯啊啊遲疑地說：「嗯……還是不要吧！我怕妳轉不動。」嘻！嫌我胖?!「不管，轉不動，我也要跳！」細腰葫蘆撒嬌兼撒賴。

每個來家裡的朋友都喜歡伸手摸摸它們，我也忍不住對朋友開始了我的「愛葫說」，不讓周敦頤的「愛蓮說」專美於前。這對可愛的葫蘆瓜成了我家廚房裡最亮眼的擺飾！

榆錢夢

許多年前，住多城時，認識了來多大讀書，晚上在餐館打工的小徐。閒聊時，不時聽他提起榆樹！

他說，那年鬧飢荒，好在他家院子有棵榆樹，這榆樹又名白榆、家榆、榆錢、春榆等。能吃它的榆錢，亦可將樹皮剝開，吃裡面的澱粉活命。才五歲的他，早春時，像隻猴子似地，一溜煙上了樹。將枝椏上掛滿的一串串榆錢摘下來，讓母親變著蒸、煮、炒、煎等花樣弄來吃，一家人方得免於飢餓。不只他家，它也拯救過無數掙扎在死亡邊緣的人。說時，他眼中流露出的深情懷念與對榆樹的無限敬意，給我留下了深刻印象。

我曾好奇地問他：「好吃嗎？長什麼樣？為什麼叫它榆錢？」

「好吃極了！在樹上邊摘邊吃，入口甜甜的，有一股淡淡的清香。榆錢是榆樹上結出的一種果實。嫩綠的圓形小片，似銅錢，邊緣甚薄，中間稍厚，裡面夾著一粒樹種，俗稱榆錢。」他說時眼神的迷離樣兒，彷彿記憶中那一串串隨風搖盪的榆錢，已將他輕輕地搖回了故鄉。我知道，那是種鄉愁，也是種對逝去歲月的不捨。沒敢再驚擾，就讓他沉浸在遙憶榆錢的淡淡清香中！

日後，小徐陸陸續續給我介紹了他的榆樹。榆錢與「餘錢」諧音，就有了「吃了它就會有餘錢的說法。」我心想，中國人喜歡吉祥話語，好采頭，難怪它受歡迎。小徐還說了榆錢的許多種吃法——

籠蒸：可以和麵調水，攪勻，做成窩窩頭，上籠蒸半個小時，香軟可口。沾上醋、蒜、醬油、麻油等調味料，吃起來別具滋味，齒頰留香。

做餡：將榆錢切碎，加蝦仁、肉或雞蛋調勻後，包水餃、蒸包子，清新爽口；這份材料，多調點蛋，亦可炒來吃，清香鮮嫩；加入麵粉，拌勻，還可煎成餅。

煮粥：用小米或其他米加水煮，快好時，放榆錢再煮五、六分鐘。加適量調料，熱騰騰地，來上一碗，令人混身舒暢。

生吃：將番茄、黃瓜切片，橘瓣切開去籽分成片，若不喜橘瓣，可以其他橙色水果切片代替，置入大平盤內，加進榆錢，再均勻撒上白糖即可食用。黃、紅、橙、綠的色澤十分討喜。若不愛甜食，去除橘瓣或其他水果片，而放些鹽、香醋、辣椒油、蔥花等作料，就是道開胃的涼拌菜。

小徐說別小看這小小的榆錢，除了食用還具療效。能健脾安神，清心降火，止咳化痰等。聽他越說越神，我不禁對榆錢悠然嚮往起來。

他告訴我，在餐館打工，看多、吃多了油膩，特別思念家鄉的這份清淡味。待哪一天，存夠了錢，定先返鄉一趟，嚐榆錢鮮，以慰多年的渴念。他不知道，在他悄悄織起的榆錢夢裡，我這個聽眾，亦築起了夢，似已看見，那片片榆錢，正在新綠晴好的春日中，隨風漫天飛舞……

一過多年，沒想到前些日子看報上一篇文章，才知道原來這榆樹英文名就是Elm tree！自搬到這新墨西哥州，每天清晨與先生走在格蘭德河的步道上，都與它照過面，只是從沒留意，竟然不知它就是小徐日思夜念的榆樹！可惜與小徐已失去聯繫，否則拉著他來見，豈不讓他感動淚下？

與先生打定主意，隔天早上散步時摘它一袋回來。這樹挺喜歡陽光，耐旱、耐寒、耐貧瘠土壤、耐修剪，加上抗風力強、保土力強、生長快、壽命長，最適合栽種於我們這半沙漠地區。它枝葉開展，頂似傘蓋，能長個二、三十公尺高，身姿俊逸挺拔。

我們運氣很好，正碰上工人用電鋸鋸下河岸步道邊幾截高大樹枝，棄置一旁。省得我們攀爬，就這麼輕輕鬆鬆地裝滿一袋。回家後，小徐的吃法，在腦海中走馬燈似地轉圈兒，最後，我們選擇了打蛋加蝦米來炒的簡易法。嗯！小徐說的沒錯，是有那麼股淡淡的清香，在廚房四處散放開來。

嘴裡嚼著，心裡卻想起了小徐，他可圓了他的榆錢夢？此時清．陳維菘《河傳弟九體．榆錢》的詞句，翩然飛臨：

蕩漾，誰傍？
輕如蝶翅，
小於錢樣。
拋家離井若為憐？
凄然。
江東落絮天。

不知愛榆錢的小徐現飄盪至何處？哎！流年似水，幾十年悄然而逝。小徐，如今，該已成老徐了吧！

別了，秋葵！

十幾年前，因先生工作調遷，我們舉家從多倫多搬至新墨西哥州。公司同事東尼一見先生，好興奮，說他娶了個台灣太太，因她十分想家，希望能介紹我們認識，以解她思鄉之苦。

於是，那個週末，我們受邀，踏進了東尼的家。房子頗具此地特色——土坯（Adobe）式平房，模樣雖素樸，卻給人種溫暖厚實的感覺。院子佔地一畝，蠻大的。東尼僅開墾了一小塊來耕種，給黃沙塵土覆蓋的禿地，點綴了些許綠意。

沒一會兒，他太太端出一盤剛從後院摘來燙好的綠色豆莢，請我們嚐嚐，她說這是東尼種的菜中她最喜歡的一種。入口滑潤，汁液有點黏，沒加任何沾料，就這麼空口吃，嚼出一股特殊的清香味兒，而且她川燙得恰到好處，脆嫩清爽，一點也不熟爛軟綿。我趕緊問她，這是什麼菜？以前住台灣時，我沒見過；住多倫多，也沒吃過。她說問過東尼，只知英文名是Okra。

回到家，上網一查，中文名是秋葵，好美的名字！見過、吃過後，才發現原來四處超市都有得賣，只是以前不認識它，就沒留意過。

秋葵屬錦葵科，又稱黃秋葵、黃蜀葵、羊角豆、毛茄、美人指。性喜溫暖，耐強熱、強光。花色鵝黃，型如微側的杯盞。原產非洲或熱帶亞洲，早在兩千年前，埃及就有栽培記錄。目前主要的栽種地區在斐濟群島、墨西哥、土耳其、日本等地。它的外形有棱有角，新鮮的表皮有絨毛，橫切面像海星。

我繼續看下去——

營養十分豐富，含有果膠、牛乳聚醣等，能助消化、治療胃炎、胃潰瘍；含鐵、鈣等，能預防貧血和骨質疏鬆；分泌的黏蛋白，能保護胃壁；含胡蘿蔔素、維生素A，能維護視力；含有鋅、硒等微量元素，能增強人體防癌抗癌；含維他命C、可溶性纖維，能使皮膚美白、細嫩；含特殊藥效成分，能強腎補虛，享有「植物偉哥」之美譽。在許多國家已成熱門暢銷保健蔬菜，也是運動員的首選，稱其為「奧運蔬菜」，但因屬寒性，體質陰虛或經常腹瀉者不宜多吃。

哇，原來它有這麼多好處。我快速閱過這些資料，可是當看見「秋葵在中國」時，停了下來。原來在中國屬於栽培歷史悠久的花卉，據其三種特徵，曾留下不少詩句：

（一）杯型

宋・蘇東坡：低首黃金杯，照耀初日光。檀心自成暈，翠葉深有光。

明・陳諄雲：蠟光膩粉花正開，翠袖捧出黃金杯。

（二）傾葉向日，西方稱它為「側金盞」

有「黃花冷淡無人看，獨自傾心向太陽。」、「傾陽一點丹心在，承得中天雨露多。」等句。

（三）嬌嫩的鵝黃花色，被喻成絕代佳人

宋・陳師道：炎艷秋來故改妝，薄羅閑談試鵝黃。傾城別有檀心在，依倚西風送殘陽。

以為它是現代流行的西方青蔬，原來中國古早就有了，加上詩句的襯托，不禁對它另眼相看。這麼典雅美好，興起也來種看看的念頭，可惜菜圃已滿，只好留待來年了。

與東尼夫婦時相往來，他太太初來尚未找到工作，賦閒在家，就盼我們去了，見著鄉親能暢快地說上國語。知我愛吃秋葵，必備上以待。不管是白灼、涼拌、或用它來炒蝦米、炒蛋、炒番茄雞丁等，都美味可口。每次上超市，一看見秋葵，就想到她。漸漸地，在我心裡，她的名字就叫做秋葵！

冬日，我們四人開心地一起去這裡的阿帕契國家公園，觀賞從北方南下，來此避寒的雁群；夏日，開長途，去墨西哥的Rocky Point度假；國慶假日，在他們家寬闊的後院放煙火；中秋佳節，來我們家小聚，燒上東尼最愛吃的東坡肉，飯後沏上西湖龍井，邊吃月餅，邊賞荷塘月色……可惜好景不常，日後當她專注於宗教信仰，離家奔波於大陸、台灣時，東尼不能諒解，提出了離婚，而且是一經決定，毫無轉圜餘地。

瞧她黯然離去，我好難過，瞬間，只覺秋葵金燦燦的花朵，萎謝落地，成了「昨日黃花」。東尼不久賣掉了他們的土坯房子，也離開了此地。

好一陣子，我都難以接受這事實，這兩個人，不是一向恩愛甜蜜？即使當著我們的面，也毫不避諱地摟摟抱抱，展現柔情蜜意，那麼樣的幸福美滿，怎麼一轉眼這一切竟成了鏡花水月？不知他們的感受如何？我卻心痛、惋惜、惆悵不已。

難道他們真能這麼了無牽掛地分手？我惘然。於他們走後，還曾痴痴地開著車，繞從他們家門前過。從車窗裡遙望，景色依稀如舊，只是「物是人非事事休……」任車子慢慢滑過，於心底喟嘆一聲，默唸著：「別了，秋葵！」

浮世詞

台大憶往

二〇一〇年十一月初我由美返台，參加「海外華文女作協」會議。由於剛到，時差尚未調整過來，夜半，窗外猶漆黑一片即醒，輾轉反側多時，已無法再入睡。台大近在咫尺，何不返校一探？於是，清晨五點鐘左右，先生撐著傘，於濛濛細雨中，陪我朝台大走去。

抵達時，一見睽違四十幾年的校門口，心中一陣悸動。以前第一次踏進校門時，才十七歲，渾身洋溢著青春氣息，而今畢業後再重臨，卻已是兩鬢飛霜！

老舊的校門口，沒重新裝扮修飾過，依舊如當同年。進門後，那偉岸筆直似無盡頭的椰林大道也一點兒沒變。在這條路上，不知曾印下過我多少足跡！淅瀝的雨，透著輕寒，以前放完寒假回校，也是這樣的天氣，路兩旁盛放的杜鵑花，讓人驚艷，而眼前不見記憶中的似錦繁花，只見一片盎然綠意，方意識到此時尚不是花開季節。

拉著先生走入靜悄悄的傅園，欲向為台大樹立學術典範和自由風氣的傅斯年校長致敬。步上紀念亭，對著長方形的大理石墓座，我行了三鞠躬禮，然後返身轉回椰林大道。

遠遠瞧見了傅鐘——台大校徽的主要圖像，也是為紀念傅校長而建。初設立時，是由人工的方式敲打，每節下課敲一次，每次二十一響。傅校長曾說過一句話：「一天只有二十一小時，剩下三小時是用來沉思的。」此即二十一響的由來。現在已改為電力敲鐘，不再由人操作。站在傅鐘前，憶及與班上同學曾在此留影過，拍照時的歡聲笑語似又在耳畔響起。

傅鐘對面，跨過椰林大道，即是文學院。穿過細雨，望向這座古老的建築。當年教我們英文的傅校長遺孀俞大綵教授，穿著高跟鞋，踩著長廊發出的篤篤聲，依稀由遠而近……

英千里院長親授英詩，久仰他老人家盛名，第一天上他課時，我是既興奮又期待。畢竟年紀大了，翻著書的手微微顫抖著，他低聲朗誦〈Auld Lang Syne〉的情景仍不時在腦海中浮現。〈Auld Lang Syne〉是蘇格蘭詩人Robert Burns在一七八八年寫下的一首詩，套用了大家耳熟能詳的蘇格蘭民謠曲調，完成了這首傳世之作。電影「魂斷藍橋」就以它作背景音樂，後來許多部電影也都採用這首旋律，它亦成了畢業時在校園傳唱的「驪歌」。

顏元叔教授教英國文學史，吐字清晰，聲如洪鐘，好像鼻腔內有共鳴器。哪怕精神不濟，上他課是絕不會打瞌睡。

另一位郝繼隆神父，教西洋文學概論。一聽這外國神父國語說得這麼好，我嚇一跳。他表情豐富，一部希臘神話講得趣味橫生。所有課目中，只有他的課拿了九十六分。

先生看我逛校園時半天沒出聲，「怎麼走？還去哪兒？」他的問話打斷了我的回憶，將我從課堂上拉了回來。走，我們去「第八女生宿舍」！

到了宿舍門口，大門牌子上掛的是「國立台灣大學第八、第九女生宿舍」。不知何時加了個第九？外觀看不出來，不知內部可有改變？

大門後邊就是傳達室，記得那時凡有外賓來，報上要找的人姓名，坐鎮室內的舍監吳媽媽就出來，站在院中，對著三層樓高的宿舍，扯開嗓門大叫：「某某某，外找。」不一會兒，就聽到這個人叮叮咚咚跑下樓去會客的聲音。

當時宿舍規定晚上十二點關門。有人嫌早，我跟室友說這對我倒不難，每天生活單純，就在教室、圖書館、家教間打轉，能有什麼地方好去？沒想到大話說得太早。

大二暑假，姊姊與我在台北找到暑期工作，因有些室友回中南部，床位空了出來。蒙宿舍教官准許後，姊姊直接從東海大學北上住了進來。

平時忙工作，趁周末帶姊姊逛逛。吃完晚飯，我們就搭公車去西門町看電影。誰知電影散場後，人潮洶湧，公車滿載，等了幾班，終於坐上。公車一搖三晃，到達校門口時，一看距十二點只剩十幾分鐘，偏偏第八女生宿舍很遠，得走二十分鐘。

我跟姊姊說，咱倆跑步，她穿的是高跟鞋，跑不快。我急死了，深知吳媽媽執法甚嚴，若趕不及，大門關了，可怎麼辦？只好跟姊姊說：「把高跟鞋脫了，打赤腳。」一向動作甚慢的她，脫了鞋也好不到哪兒去。待我們終於上氣不接下氣地趕到，只見大門已無情地鎖上。我拍門大叫：「吳媽媽，請開門！」一連數聲，就是沒動靜。

跑累了，我倆索性坐在地上靠著大門休息，也許就在這兒挨到天明吧！突然聽到摩托車朝這邊駛來的噗噗聲。奇怪，這麼晚了，會是誰？一看，啊！原來是郵差。他從包裡拿出信，大叫：「限時專送！」叫了好幾聲，沒人回應，也許吳媽媽真睡著了。郵差把信遞給我們，要我們轉交。姊姊正伸手要接，我忽然靈光一現，趕緊制止：「不能接！」我們是否得救，就靠他能否把吳媽媽叫醒。

郵差只好繼續拍門大叫。我們豎起耳朵注意聽，裡面終於有了聲響，吳媽媽惺忪著眼，穿著拖鞋，踢踢踏踏來開門。未等她空了盤問，姊姊與我趁隙溜了進去。真好，那晚睡在自己床上，沒躺在大門口水泥地上。

我把這段難忘的小插曲邊走邊講給先生聽，不知不覺走過了宿舍前的椰林大道，轉個彎，眼前出現了醉月湖。怎麼它變樣兒了？跟記憶中的湖景已完全不同。以前原始古樸，現今有湖心亭、環湖步道、夾岸垂柳、成蔭綠樹、優遊水鴨、應時花卉、腳踏車道等，變摩登漂亮了，可是當年給我的那種感覺卻已不再。

記得小甘畢業前一晚，同寢室的八個人，一塊兒在校門口餐館聚餐。慶祝的歡樂聲中，難掩離情依依。走回宿舍途中，我們特意彎向醉月湖，面對著湖光月色，小甘高聲唱著當時最流行的西洋歌曲The Wedding〈婚禮的祝福〉。那首歌的詞句與旋律，至今聽來，依舊教人感動不已。室友們陸陸續續畢了業，從此天各一方，不知如今她們可好？可有幸福美滿的婚姻？

走了一圈，天微露曙光，雨也轉小。當日的造訪，加深了過往的一切均「俱往矣」的感慨，不過也給塵封記憶中的台大，添了新頁！

卓著的「音樂工作者」

——悼念林宜勝

大學甫一畢業，同學們即各奔前程，自此天各一方。沒想到這一別，竟四十幾年！數月前，方與他們聯絡上。

陳筑筠居間負責，傳送給我已聯絡上的同學名冊。因我們系大人多，且時間久遠，當我邊看名冊邊回憶時，有些名字看似熟悉，卻又陌生；有些人的臉龐清晰現前，有些卻又模糊不清。

今夜，在電郵中，看到揚嘉雄送來的一則消息：

林宜勝追思紀念音樂會

永豐金控音樂廳

地址：台北市八德路二段三〇六號

日期：八月廿六日晚上七點卅分

我愣住了，遠居海外，不能去參加這追思會，為什麼會寄來？突然靈光一現，再唸一遍名字，哦！是他！班上那瘦瘦高高、斯斯文文、有點兒靦腆、又有點兒憂鬱的男生，比我們年長，看來成熟內斂些。趕緊去信確認，馬上收到回音：「沒錯，就是他！」楊嘉雄還告訴我：他是末期肝硬化，於二月十五日清晨走的，並附上一篇陳義雄先生寫的悼文〈打了美好一仗，得勝！林宜勝老師安詳的走了〉。

很慚愧，林宜勝是我同學，卻得借助陳先生的這篇悼文，才對他有了進一步的認識。也許在我們那年代比較保守，上課共聚一堂，下課各自分散。男女同學之間的課餘互動，並不頻繁。即使能增進彼此互相了解的郊遊與舞會，大學四年，我們也僅辦過一次。如果時光能倒轉，相信我們會比那時候懂得珍惜與守護這難得的同窗情誼。

從悼文中方知：林宜勝誕生於花蓮，中學時受音樂老師郭子究的影響，開啟了心靈的音樂之窗，遠赴屏東向鄭有忠老師學習小提琴，成為台灣史上第一個交響樂團「有忠管弦樂團」的演奏團員。

他是台灣大學交響樂團的創立功勞者，並任第一屆樂團團長。

當年台灣第一本音樂雜誌《愛樂月刊》面臨停刊狀態，因無稿酬，無外來稿，林宜勝與陳先生不眠不休，用許多筆名撰寫文章，苦苦支撐出刊十年，為台灣樂團提供音樂新知與資訊。林宜勝還在月刊上開「Hi-Fi漫談」專欄，翻譯《大提琴泰斗卡薩爾斯的悲歡歲月》，使《愛樂月刊》成為台灣第一本音樂兼音響的雜誌。

音響界龍頭洪建全家族接受宜勝的建議，由他策劃創立了台灣第一座以音樂為主的視聽圖書館「洪建全視聽圖書館」。於一九七五年九月開館的同時，任館長的林宜勝還翻譯了《高傳真音響系統》（High Fidelity Systems by Roy F‧Allison）和《再生音響》（Edgar Villchur原著），這是台灣第一次中文音響專業書籍的出版。

因當時國立藝專（今為國立台灣藝術大學）並無音響課程，受音樂科主任史惟亮教授之邀，前往演講。後並在東吳大學與國立台北藝術大學（簡稱：北藝大）開課，是台灣史上第一位音響學講師。亦在東吳加開台灣史上前所未有的課目——《音樂欣賞》及在北藝大增授《音樂文獻探討》。

他很早就涉獵「提琴製作藝術」，並蒐集提琴的修理修護名著研習，使他成為優秀的提琴修理和修護名家。他常為音樂界人士和學生做免費的服務。

早年，他還在啟明學校教過盲生演奏提琴族系弦樂器；在音樂班教過小提琴；被文建會禮聘擔任《電視導演訓練班》講師，評審過金曲獎與地方文化中心的演藝節目，對各地許多演藝廳的音響工程之設計也付出過極大心血。他對音樂的熱忱與在這領域的殊勝才華可見一斑。

他有這麼大的貢獻，可是過世後，媒體卻於《台灣音樂百科辭書》裡找不到他的資料。此書編撰時期，許多音樂界人士千方百計提供浮誇資料，希冀列名辭書永垂不朽，而林宜勝卻拒絕提供個資給辭書編委，因為他是一位不求聞達、不在乎名利，默默地、紮實地，耕耘本土樂教推展的先驅者。

對林宜勝我不禁肅然起敬。在今日社會，許多人為名利削尖了腦袋鑽營，像他這樣的人真如鳳毛麟角了。對未能親口告訴他——「雖沒列名《台灣音樂百科辭書》，仍永垂不朽！」深覺遺憾。相信我們全班同學皆會以他高貴的人格特質為榮！

所居新墨西哥州，現為季風降雨時節，此時，窗外雷電交加，風狂雨驟，似伴我同聲哀悼。夜已深，我卻了無睡意，腦海裡全是宜勝那瘦瘦高高、斯斯文文、有點兒靦腆、又有點兒憂鬱的模樣。台灣音樂界損失了一位功業卓著的「音樂工作者」——他從不以音樂家自居，真教人痛惜。我知道，緬懷他，今夜將是個不眠夜！

附註：林宜勝生平事跡參考陳義雄先生的悼文〈打了美好一仗，得勝！林宜勝老師安詳的走了〉。

幾度花落時

當年她考進人人艷羨的大學，欣喜萬分，純因這是公立的，學費較便宜，何況還申請到清寒獎學金，不用單親母親勞神籌措學費。為了減輕母親的負擔，她身兼兩個家教，生活費就有了著落。忙碌之餘，剩餘的時間就全泡在圖書總館裡啃書。

有一天，為了即將到來的大考，她全神貫注，忘了時間。到驚覺時，距家教上課僅餘二十分鐘，急急收拾好書本，匆匆奔出總館。沒想到與一腳正要踏進的人撞個滿懷，只聽那人猛道歉，她連頭都沒抬，撿起散落一地的書與紙，飛奔而去。

隔天上圖書館時，只見有個男生在門口攔住她，奇怪，這人是誰？沒見過。

「你大概認錯人了，我不認識你。」說完，她繼續往前走，這人緊跟著。

「沒錯，妳不認識我，可我認識妳。」

「昨天就在這兒，妳撞了我。哦，不不，是我撞了妳。這是妳掉的講義。」

伸手接過，道聲謝，她就走到老位置，開始讀書。等到要走時，才發現這人就坐在她旁邊的位置。她沒理他，逕直離去。從此，只要她上圖書館，總看見他就坐在那位置。他也不刻意搭訕，好像坐在她旁邊，是順理成章、天經地義的事。

這天，唸完書，正要離開，聽到一聲雷響，沒幾分鐘，雨淅瀝瀝而下。糟糕，沒帶傘，怎麼辦？從總館回到宿舍，起碼得走二十分鐘，忽聽身後有人說：「走吧，我送妳。」原來是他，撐起傘，兩人就沿著椰林大道走，他開口的第一句話是：「妳看，這花開得好漂亮。難怪白居易曾寫道：『回看桃李都無色，映得芙蓉不是花。』」路徑旁一叢叢杜鵑花盛放著，有粉白、淺紫、桃紅……她訝異，怎麼平時從沒注意到？也許太忙了，總是來去匆匆。偷瞄他一眼，他看花時的眼裡有份溫柔。

「你是文學院的？」她猜測。

「不是，我唸化工系。」

「哇，熱門科系。」這人雖唸工科，卻有份學文的氣質，讓中文系的她，頓生好感。

只要不趕著上家教，唸完書出來，他總陪著她，漫步走回宿舍。興致好時，就繞道醉月湖，走上一圈。天南地北閒聊，慢慢地，就這樣，兩人間走出了默契，生出了情感，他們成了一對戀人。

他早她兩年畢業，服完兵役回來，雖說前輩學長們那時流行「來來來，來台大。去去去，去美國。」的熱潮已退，可是現在畢了業，依舊是能出國就出國，繼續深造，於是他也忙著辦出國手續。他明白，她母親守寡多年，家裡還有弟妹指望她供養，她不會自私地拋下他們而去，何況她也沒這個經濟能力出國。他答應她，學成必歸國，屆時迎娶她，共結連理。

校園裡，杜鵑花開遍，身旁沒有了他，花兒也失色。邊走邊沉醉在有他陪伴身邊的美好回憶裡。不知他什麼時候回來？還要唸多久？最近他沒初去時，那麼勤於聯絡，總說忙。隔著千重山、萬重水，會不會已經把她給忘了？斯情斯景，觸動她心弦的〈幾度花落時〉這首曲子，幽幽地在心底響起。

果真，久無消息後，收到他一封長信。說生了場大病，遠在異鄉孤單寂寞，感激房東一家細心照料，尤其是房東女兒。他不斷譴責自己，病中特別脆弱，對房東女兒的示好沒能抗拒，把持住。日前她已懷孕，婚禮將在下個月舉行。請求她的原諒，要她忘了他。她只覺天旋地轉，渾身乏力，一任信紙從手中輕飄飄地滑落。

是遠距離的戀愛經不起考驗？還是男人本就易犯天下男人都會犯的錯？心碎後，她也大病了一場。可是對母親弟妹的責任壓在肩上，不容她放任自己掉進情傷的深淵裡。病中，望著窗外曾盛放的杜鵑花，現已紛紛墜地。哎，幾度花開花落，真是留不住的芳華啊。

她突然領悟，人生何嘗不是如此？生、老、病、死，何曾容我們說了算？這是大自然的法則，一切來時來、去時去。擦身而過的緣，也是如此，既是緣起緣滅，聚散無常，又何苦痴迷執著折磨自己？就讓一切隨風而逝吧！

由嫦娥詩談起

自小在台南公園長大，每逢中秋，月圓人圓，許多人闔家出動，前往公園賞月。只見公園裡人潮如水，攏來攘往，好不熱鬧。

平常聽大人講嫦娥奔月的故事，這天我也隨著眾人湊熱鬧，在公園草地上鋪好蓆子，努力望著月亮，想看月裡嫦娥與小白兔，以印證神話傳說。後來實在是睏極，就歪躺草蓆上睡著了。沒見著嫦娥，月餅盒上的她，卻在我心頭留下美麗飄逸的倩影。

唸中學時，翻些詩詞來看，當讀到李商隱的嫦娥詩時，嫦娥的形像又鮮明起來。

雲母屏風燭影深，
長河漸落曉星沉。

嫦娥應悔偷靈藥，
碧海青天夜夜心。

那時似懂非懂地，將它背了下來。隨著年歲漸長，當能體會到詩中的意境時，那份深沉的寂寞，直教我心驚。

「屏風」飾之以「雲母」，可見其精美，而昏黃搖曳的燭影掩映於「屏風」之中，可見其幽深。景從室內的幽深至室外的「長河漸落曉星沉」，可見詩人長夜無眠，方有如此精微敏銳的感受，亦可看出他是孤獨寂寞之人。

在時間與思維長河中浮遊的詩人，從滿佈星星的蒼穹裡，望見了清冷的明月，由明月聯想起嫦娥，幻想著嫦娥千百年來的處境與心情。嫦娥固然偷得靈藥，奔赴長生不死的仙界，但是永遠要面對碧海一般浩渺的青天，夜夜熬受無盡的淒清寂寞。想著這碧海無涯，青天罔極，夜復一夜，年復一年，無以為友，無以為侶，這永恆的孤寂，多麼令人悲苦！

我們可將「嫦娥」與「靈藥」當成人與事物的象徵。當一個人追求到他所謂的「理想」之後，一如嫦娥換得的是永恆的空虛與寂寞。亦可將其視為詩人之自謂，「偷得靈藥」即是詩人所得遠慕理想之境界。

此嫦娥一詩，引起紛紛臆測，有人以為是李商隱悼亡之作「天人永隔」，有人以為是追憶昔日戀情「情海難填」，有人以為是他「依違黨局」的追悔，總之一首詩蘊涵豐富的意旨，觸發如此深廣的注目與震撼，堪稱難得的傑作。

唐詩伴隨著我長大，在我心中所佔的份量，實不言而喻。趁今夜中秋，他鄉望月，遙憶兒時之際，也重溫下它的歷史——

唐詩，以璀璨繽紛的靈姿異采，在中國古典文學園地裡綻放出朵朵奇葩，凝固成中國人永恆的文化心聲。多少膾炙人口的詩，至今仍為人稱頌。它雖是六朝詩歌的延續，是前代舊文的大融匯，不過內容、風格與形式都比以前有更卓越的成就。

如果按唐詩發展的歷史背景，和它本身的變化過程來看，可分為「初唐」、「盛唐」、「中唐」與「晚唐」四個時期。以風格來論，可分為自然詩派、邊塞詩派、社會寫實派、奇險僻苦派、華麗艷情派……試將四期的特徵，簡述於後：

初唐——高祖武德元年至睿宗太極元年，西元六一八至七一二年。主要貢獻是醞釀和形成新歌形式——律詩和絕句。「初唐四傑」——王勃、楊炯、盧照鄰、駱賓王，即為其中的代表，他們的詩雖仍沾染六朝的靡麗氣息，但已見風骨，並致力於詩體的變革。還有陳子昂，他極力反對柔靡，認為詩歌應直追漢魏，有凜然風骨與獨到興寄。

盛唐——玄宗開元元年至代宗永泰元年，西元七一三至七六五年。此期是唐詩黃金時代的開始。經過初唐奠基，國家走入安定、繁榮局面，雖也有內外戰爭，但政治傾軋，加上工商經濟取代了農村經濟，這些無疑給了詩人豐富的寫作素材。表現在詩歌裡的精神有的樂觀進取，有的狂放浪漫，有的慷慨悲憤，有的閒適恬淡。表現在思想方面，則有王維代表的佛教思想，李白代表的道教思想，杜甫代表的儒家思想，更有三種合流的，真是五光十色，風姿競發。能與王維、孟浩然的自然詩歌平分秋色的就是高適、岑參風格豪邁的邊塞詩。當然此期最主要的詩人，當推李白與杜甫了。李白才情縱橫，如一團赤陽，光芒四射，而杜甫，如蒼穹裡的一團皓月，清輝千里。他們將盛唐的詩歌推向無可比擬的顛峰。

中唐——代宗大曆元年至文宗太和九年，西元七六六至八三五年。前期安史之亂雖平息，但國家危機並未消除，加上藩鎮跋扈，宦官奪權，士大夫們沉迷黨爭，社會秩序動盪，此期的詩歌多半描寫人民的苦難，與困此情境下知識份子的苦悶。著名的詩人有韋莊、柳宗元、張籍、元稹、白居易、劉禹錫、孟郊、賈島、李賀等。

晚唐——文宗開成元年至昭宣帝天祐三年，西元八三六至九〇六年。國勢已走向日薄西山，最後爆發了戰亂。投影在詩歌裡的一方面是寫實色彩的存續，一方面是避開現實的華麗風姿揚起。文學潮流慢慢從寫實返回浪漫，典雅綺麗的形式技巧成了詩人追求的寫作目標。

吟詠私情的艷體詩，逐漸取代了社會寫實詩。此期重要的作家有杜牧、李商隱、溫庭筠等。

盛唐黃金時代的詩壇所綻放的異彩，歷經中唐的燦爛成熟，到晚唐呈現無可挽回的凋殘，而唐詩終於在吐盡它最絢麗的華采後，讓後起之秀的樂詞接替了它在文學裡的地位。

附註：參考《唐代詩選》。

〈開示〉緣起

數年前，遊絲路，來至古稱秦州的甘肅天水。它地跨長江和黃河兩大流域，有深厚的人文歷史和豐富的自然景觀，亦是古代商貿之路上的「絲路明珠」。

中國著名的四大石窟之一的麥積山石窟即位於天水縣麥積鄉南的麥積山。麥積山係西秦嶺山脈小隴山的一座孤峰，形似麥垛，故得此名。石窟即鑿於山南的崖壁上，遠望如蜂房，層層相疊而上。地陪帶領我們拾階而上，站在山上，看四面全是鬱鬱蔥蔥的青山，千山萬壑，層巒疊嶂，蒼松似海，風景極其秀麗。

當日天氣晴朗，地陪慨嘆我們無緣得見天水八景之首的「麥積煙雨」。正說著，天突然暗下來，飄起了細雨，對面秦嶺一片朦朧。地陪驚叫：這就是聞名遐邇的「麥積煙雨」，你們好幸運！

石窟現有窟龕一九四個，內有精美石雕，泥塑七千多身，壁畫一千三百多平方公尺。麥積山石質不適合雕刻，所以造像多為泥塑。麥積山高一百五十餘公尺，龕窟大都開鑿於廿至卅公尺乃至七十到八十公尺高的懸崖峭壁之間，其驚險陡峭於現存石窟中居首。

石窟始建於後秦（公元三八四至四一七年），大興於北魏明元帝、太武帝時期。西魏文帝時，再修崖閣，重興廟宇。北周武帝保定、天和年間（五六一至五七二年），秦州大都督李允信為亡父造七佛閣。隋文帝開皇、仁壽年間，於七佛閣下泥塑高達十五公尺的摩崖大佛三尊。歷經歲月滄桑，大佛至今依舊偉岸佇立於世人前。

來此的信眾，許多人抱著祈願心情，希望佛菩薩保佑，不再輪迴於生死大海。眼下所觀，忽覺此身猶如這座麥積山，石窟大佛就住在心間。若以時光為海，身體作舟，時時點亮心中這盞燈。不再將本體和現象劃分對立，沒有彼此、時空、來去、動靜、大小，什麼都是一體的，平等一如，也就沒有煩惱，超脫了生死輪迴大海。佛法無需外求，靜觀自心，得大自在，這該是無言的大佛給我們的最佳啟迪了。

心有所感，旅遊歸來，寫下了〈開示〉，並將其收錄在我二〇一〇年出版的《人生畫卷》一書中。

秦嶺煙雨　在眼前變換
善男信女　在腳底祈願
奧秘人生　如浩瀚經典
緣深緣淺　於滾滾紅塵　幾世輪轉
啊　該如何將其悟參　佛藹然
佇立無言千年萬年
僅默默示現　自在靜觀

二〇一一年，大作曲家林兮老師發起建國百年募集百本書的活動，以他的CD《無言歌》交換我的《人生畫卷》。此首〈開示〉蒙現今文壇著名女詞人飛天青睞，經林兮老師譜曲，張政宇編曲、演唱，飛天製成優美影片，上傳Youtube上。

林兮老師說：以樂曲的段落著眼，後半段的小節數必須加倍，於是反覆重唱時，添加了一句歌詞「虛空無盡十方八方」，以增效果。

秦嶺煙雨　在眼前變換

善男信女　在腳底祈願
奧秘人生　如浩瀚經典
緣深緣淺　於滾滾紅塵　幾世輪轉
啊　該如何將其悟參　佛藹然
佇立無言千年萬年　僅默默示現
啊　該如何將其悟參　佛藹然
虛空無盡十方八方　自在靜觀

感謝他神來之筆，添了此句。所譜之曲，有宗教音樂的莊嚴肅穆，但卻透出平易近人的氣息。張政宇低沉寬厚的歌聲及飛天慧眼獨具挑選上林兮老師廿年前拍攝行腳僧系列照片，讓這首〈開示〉因緣俱足下有了靈動的生命！

所寫文字，變成歌曲，是我從不曾做過的夢。為冥冥中緣的牽引，所造就的幸運而感恩。謝謝林兮老師，謝謝飛天，謝謝張政宇！

憶〈寂寞沙洲冷〉

許多沒來過新墨西哥州的人，以為這裡位處美國西南部，冬天必定較暖和。其實這州四季分明，即使豔陽高照，冬天照冷不誤。前幾年有一天，氣溫甚至低到攝氏零下廿度，我們家院子凍死了四棵樹。

去年入冬以來，連續好多天氣溫都很低，清晨在攝氏零下十度至十五度間徘徊，好冷！這樣的天，真想窩在暖和的被窩裡，賴會兒床，不去晨走。不過我知道先生認定要做的事，絕不會因任何情況而改變。我還是穿戴暖和，把自己包裹得嚴嚴實實地出門吧！

我們沿著河渠步道走，路上積雪未融，這倒少見，可見溫度之低。通常哪怕下雪，也僅是薄薄一層，太陽一照，便化了，不像高山上或北邊的城市陶斯（Taos），積雪盈尺，成為滑雪勝地。

經過一戶人家寬廣的後院，許多雁棲息在草地上，這讓我憶起初搬來時，東尼夫婦邀我們去此州Socorro以南約廿英里處的阿帕契國家野生動物保護區（Bosque del Apache National Wildlife Refuge）賞鳥的情景。

那天，東尼說一定要在天亮前抵達，靜待雁兒醒來振翅高飛。我們四點來鐘出發，沿廿五號公路南下，兩個鐘頭後到達園區，天仍是黑濛濛的。已經有好些人，擺好攝影腳架，屏息嚴陣以待。環顧四周，廣袤的土地上，滿佈沼澤沙洲，棲息在上的鳥禽仍在眠中。

每年秋冬季，數萬隻候鳥飛到此過冬，有沙丘鶴、雪雁、鴨子及老鷹等。無疑地，這保護區是它們的世外桃源，也是愛好觀鳥及攝影者的天堂。在這兒還有羚羊、郊狼、美洲豹等動物。

從口裡哈出的氣冒著白煙，沒想到這麼冷。即使穿上羽絨雪衣，戴上蓋住耳朵的帽子及厚手套，我還是凍得直打哆嗦。躲進車裡，也好不到哪兒去。不知鳥兒們是怎麼避寒過冬的？

天色開始一絲絲在變，隨著漸露的曙光，雲朵也將瑰麗萬千的色彩抹向無垠的穹蒼。突然，雁兒們醒來，咻咻地振動著翅膀，騰空飛去。黑壓壓的一片，聲勢浩大，十分壯觀。難怪東尼要我們早來，見識這驚心動魄的一刻。待按下快門時，鳥兒已飛走大半。

沒一會兒，雁啊鶴的，都飛走了。我們也收拾好相機，準備離去。轉身時，瞥見在一塊沼澤裡，有幾隻雁，怯怯飛起，又落在另一個沙洲上。這情景較諸剛剛的千軍萬馬聲，更牽扯我心。

好個「……驚起卻回頭，有恨無人省。揀盡寒枝不肯棲，寂寞沙洲冷」！在如今功利當頭的社會，又有幾人能像蘇軾這樣高潔自許，不隨波逐流呢？那詞句一直在腦海盤旋迴盪，回到家，立即提筆寫下〈寂寞沙洲冷〉一文寄出，蒙刊登於世界日報。

轉瞬間，那已是十幾年前的事了。現踩在雪地上，我邊回憶、邊感嘆時光之飛逝。其間，年年告訴自己：該重訪阿帕契國家野生動物保護區，卻年年任候鳥來了又去。

這個月天寒地凍，保護區說不定關了門，也擔心自己凍成冰棒棍。下個月吧！不只去回味「寂寞沙洲冷」，也去看看「寒塘渡鶴影」。

第一刀

三月七日凌晨三點多，肚子隱隱作痛，晨起依舊未消除。打電話約看家庭醫生，上午已滿，最早空檔是下午一點。先生說：「妳再去躺躺，說不定睡著了會好一點兒。」在床上，翻來覆去，這痛明顯些了，無法入睡。望望鐘，距下午一點看診還有好幾個鐘頭，只好繼續忍著。忽然想起，這病要是不輕，豈不耽誤了部落格的拉拉手活動，索性趁看醫生前，忍著痛趕緊把它寫好。

痛已開始加劇，十二點半我們就到達醫生診所，把該辦的手續先辦好，以免延誤看診時間。痛越發厲害，相較於生孩子之陣痛，實有過之而無不及。所謂陣痛，觀其名，一陣陣，總還有喘口氣的時間，而現在這痛正排山倒海洶湧而來，毫無間隙，於是我不顧形象，哎喲哎喲地大聲哀叫，頻頻問：「醫生來了沒？」櫃檯接待員發話了：「醫生說不必看了，趕快就近送西邊醫院急診。」

一路上，我痛得四肢由尖端開始往上麻痺，我懷疑我會不會就這麼痛死在車上？到達醫院，極痛之下，我開始噁心嘔吐，事實上因無法進食，胃裡空的，沒什麼東西好吐。但那壯觀駭人的嘔吐聲，好像要把天與地都一起從肚腹內吐出來。

煩人的手續，一樣也不能少，這急診是你急他不急。等待又等待，終於被推進急診室，躺上了病床，我急呼要止痛。醫護人員給我吊點滴分別輸入止痛液及水，還需驗血驗尿。抽血化驗時，左手臂試試不行，右手臂血管更細，還是回到左手臂，搓揉一番，再試，針頭終於扎進去了，沒想到血滴得十分緩慢，出不來似的。護士抱歉一番，抽出針頭，重新選地方，在我的左手腕近手背處扎入，血汩汩流出。以前好怕抽血時針扎入之痛，現與腹痛相比，那簡直不算什麼。

小兒子急急趕來，與先生兩人焦灼地照顧我。左等右等，終見醫生從容步入，他按按我肚子問：「哪裡痛？」然後決定照電腦斷層掃描（CT Scan），確定病因，不過現有病人在照，得等。輪到我照完，又要等解讀。待醫生拿著報告出來，宣告我得的是急性盲腸炎，需動手術割除時，已五點。開刀醫生在南邊城裡的總醫院，正逢上下班交通尖峰時刻，過了一個多鐘頭救護車才到，接我過去，湊巧看見我正在驚天動地嘔吐，也許怕我吐在救護車上，上車後給我的輸液袋內加入更強的止痛劑，這使我立時昏沉。什麼時候到醫院，已迷糊不知，到動手術時上了麻醉，我更是毫無知覺。

半夜被護士來量血壓、測溫度弄醒，我方知手術已結束。護士一走，我整個人又昏睡過去。第二天早上，醫生來看我，掀起衣服，查看肚子傷口，人雖躺著，卻覺得自己肚子怎麼那麼大。雖說年紀大了，新陳代謝緩慢，人比年輕時胖，但肚子也不能如此過分，亂沒身材，怎麼平時都沒注意到？怪不好意思的。腦子裡閃過一個念頭，出院傷口好後，絕不能偷懶，得乖乖上運動中心。

醫生說一切正常，下午五點可出院，就走了。我問先生經過情形，他說昨晚七點多抵達總院，八點動的手術，約一個多鐘頭，在恢復室躺了半個鐘頭，回到病房已是十點，他跟小兒子守到十二點才走。

先生聽醫生說開刀用的是新式微創手術，俗稱「腹腔鏡手術」。即在腹部開三個小孔，醫生使用特殊設計的內視鏡，加上更小、更精確的外科工具，藉由皮膚上的切口伸入體腔，邊看螢幕，邊施行手術。新式的好處是術後疼痛較輕、受感染機會減低且康復較快。

我問先生為什麼我喉嚨很難受？好乾，無口水可咽，連說話都有困難，聲音十分暗啞。他回問：「妳見過北京烤鴨嗎？」「北京烤鴨跟我有什麼關係?!」「烤鴨皮會脆，就是吹入氣，讓皮與肉分開，妳就好比是那隻烤鴨，從喉管吹入氣，皮肉分開才好動手術。」「哦，原來如此！」我肚子脹鼓鼓的，是滿滿的氣，而非我亂沒身材，心中略覺好過。其實回家後上網查盲腸炎，方知這是從氣管插管全身麻醉的後果。

小兒子說他原先很擔心，因為當初公公住院，結果是直接送入長期護理中心；婆婆住院，結果是胰臟癌，不久辭世。好像一住進醫院，就沒好消息，而我幸好只是急性盲腸炎，開了刀，一切順利，他鬆了口氣。

已訂好赴多倫多探望老父及家人的行程得改，小兒子因此通知了多倫多的家人。姊姊未等我出院返家，急急來電話。聽到我暗啞微弱的聲音，她直問：「妳怎麼了？怎麼會變成這樣？一定好痛好痛，要不要緊？」我還未及回答，電話那頭，已傳來她嗚嗚的哭聲，感動姊姊血濃於水的焦慮心疼，我眼眶噙著淚水安慰她：「我沒事。」她不想我費力多說話，臨掛電話前重複再三地說：「I love you!」，好像這句話用英文比中文容易說出口。

返家後，接到兩個大兒子的電話，弟弟也來電話慰問。弟妹、媳婦、外甥女都送上了電郵問候。整個人被濃濃的關愛包裹著，幸福之感溢滿全身，好珍惜這份人世間無可替代的親情。每個人都要我多保重，的確，人人皆知健康的重要，我也常將這句話掛在嘴上，不過得等到真生病了，才能確確實實體悟：生命何其珍貴，沒有了健康，遑論其他！

我曾自詡從小就是個健康寶寶，即使年紀大了，也沒高血壓、高血脂等毛病，甚至連顆蛀牙都沒有，家庭醫生曾笑對我說：「不曉得該拿妳這麼健康的人怎麼辦？」誰知道我是不病則已，一病就住院開刀。這生平第一刀，印象深刻，終生難忘，是為記。

《感動中國》高秉涵

——悲莫悲兮生別離

前陣子看到中央電視台播出《感動中國二〇一二年度人物評選頒獎典禮》，深受感動。獲此殊榮的人有的是眾所周知的英雄楷模，有的是平凡小民。他們表達了人性中的真善美，體現了中國傳統美德和良好社會風尚，這樣偉大的情操讓人情不自禁地熱淚盈眶。

此評選活動從二〇〇二年開始，播出後贏得了觀眾廣泛好評，在社會上亦引起了強烈反響，被媒體稱為「當代中國人的史詩」。

當看到二〇一二年選出的獲獎者中，有一位是備受思鄉之苦，為上百位老兵帶回骨灰的台灣老兵高秉涵時，不由得想起了當年因思念家鄉親人而涕泗縱橫的乾爹，我的淚水潸然而下，這真是一場戰亂時代莫可奈何的人倫悲劇啊！

高秉涵，山東菏澤人，十三歲就離家來台。大年初一天不亮他到山上，對著大陸痛哭喊著：「娘，我想妳！」他說得好——「沒有在深夜痛哭過的人，不足以談人生。」

在舉目無親的台灣，雖沒有戰亂的驚恐，卻是生活艱辛。幸好偶遇以前的恩師，得以半工半讀繼續學業，完成中學後考取了國防管理學院法律系，畢業後又考取了法官。當法官的第一個案子，居然是判決一金門逃兵死刑。這逃兵想游到對岸，回家看思念的母親。沒想到他竟然成了「劊子手」，這椎心之痛讓他回家後痛哭一場。十年後，他辭職開了自己的律師事務所。

一九九五年菏澤旅台同鄉會成立，高秉涵是創始人和現任會長。很多當年逃亡來台的老兵、老鄉到老都孑然一身，他的辦公室成了老鄉活動的場所、團聚的「家」。他們囑咐他：「如若我死了，有朝一日你能回家，一定要把我的骨灰帶回去。」

一九八七年禁錮兩岸近四十年的鐵幕終於打開，許多老兵卻沒能等到這一天。高秉涵親手捧著重達十多公斤的大理石骨灰罈，先後把上百名老兵的骨灰一一送回家鄉，了卻他們回家的遺願，也鄭重實踐了他的承諾。

已經七十八歲高齡的他，還能繼續這麼做嗎？高秉涵曾告訴過採訪記者：「在老兵中，自己年齡最小、條件最好，因此回大陸送骨灰的任務落到我的肩上。」住在養老院還有廿一位都不能動了的老兵對他說：「高秉涵，你可不能先走啊，我們都走完，你的任務才完了。」他的事經媒體報導後，許多素不相識的老兵，輾轉找到他，也留下同樣的「遺囑」。敬佩他的無私與對親情的看重，我衷心祝福他長壽。

思念故鄉六十五年，好苦啊。他形容第一次返家的情景，近鄉情更怯，幾乎休克。他說這是沒有長期流浪過的人，體會不到的。主持人白岩松套句高秉涵的用語說：「沒有流浪過那麼多年的人，沒有資格談論回家這兩個字。」

評選委員給他的《頒獎辭》：

海峽淺淺，明月彎彎。一封家書，一張船票，一生的想念。相隔倍覺離亂苦，近鄉更知故土甜。少小離家，如今你回來了，雙手顫抖，你捧著的不是老兵的遺骨，一罈又一罈，都是滿滿的鄉愁。

此時詩人余光中寫的〈鄉愁四韻〉伴著這頒獎辭在我心中悠悠響起：

給我一瓢長江水　啊長江水

那酒一樣的長江水

那醉酒的滋味　是鄉愁的滋味
給我一張海棠紅　啊海棠紅
那血一樣的海棠紅
那沸血的燒痛　是鄉愁的燒痛
給我一張海棠紅　啊海棠紅
給我一片雪花白　啊雪花白
那信一樣的雪花白
那家信的等待　是鄉愁的等待
給我一朵臘梅香　啊臘梅香
那母親一樣的臘梅香
那母親的芬芳　是鄉土的芬芳
給我一朵臘梅香　啊臘梅香
給我一朵臘梅香　啊臘梅香
給我一張海棠紅　啊海棠紅

「荒島樂曲」
──憶兒時

蒙ＵＤＮ格友張鳳與烏拉瑰之邀，參加「荒島樂曲」拉拉手遊戲。規則：設若流落荒島，您最希望有哪些音樂相伴？除了荒島樂曲外，還可以選一本書、一件奢侈品及大浪來襲時，會救哪一首樂曲？

腦中馬上浮現站立荒島上，極目遙望那無邊無際的海水，這不由得讓我聯想起小時候眺望台南公園裡那一汪碧綠湖水的場景。年紀大了，發現自己新的記不住，老的忘不掉，總不時回憶起公園湖上那段逍遙歌唱的歲月。若流落荒島，不期望還有電可用，回歸原始，就讓我用自己的嗓門清唱，重溫當年伴隨著我成長的歌曲吧！

（一）漁家女

在小孩子的眼裡，那時公園裡的湖水就如同現在荒島四周的海水般遼闊。伯父在公園經營茶亭與划船生意，我天天划著船，愜意地讓歌聲在湖面上飄盪。最愛唱的歌就是〈漁家女〉：「天上旭日初升／湖面好風和順／搖蕩著漁船／搖蕩著漁船／做我們的營生……」彷彿正是那時生活的寫照，儘管我這船兒不是漁船。

這首歌是周璇於一九四三年演出《漁家女》的主題曲，她的歌聲清脆甜美，人與歌正當紅。雖然那時我還沒出生，不過打從我會唱歌起，就偏愛那些老歌。也許是受父母親影響，那個年代他們沒別的娛樂，就是讓老歌的旋律，不停地在狹小的屋裡迴旋。耳濡目染下，我自然學會了，父親還以他濃重的四川口音誇我：小傢伙，唱得「有板有眼」。

（二）月圓花好

父親心情好時，一邊吃著滷菜、花生米，一邊喝著朋友自金門捎回來的高粱酒。瞧我自外邊進屋，高喊一聲：「霞兒，過來，給爸唱首歌。」「您要聽什麼？」「就唱〈月圓花好〉吧！」「浮雲散／明月照人來／團圓美滿今朝最……」我用稚嫩的嗓音唱完，他拍拍手，意猶未盡，「給爸再來首〈拷紅〉，怎麼樣？」「好咧！」我也唱得興起。

（三）拷紅

「夜深深／停了針繡／和小姐閒談心／聽說哥哥病久／我倆背了夫人到西廂／問候……」過門時，我停頓下來，父親還會打著拍子哼唱著曲譜「2321、2321、2321261 5」幫我過門。這兩首曲子都是周璇一九四〇年演出《西廂記》裡的插曲，她演俏紅娘，贏得眾多影迷的喜愛。

過完癮，父親心滿意足，小酒杯遞給我，賞我口酒喝。我哪會喝？辣得喉嚨管直冒煙，趕緊趁機伸手夾塊滷豬耳朵來吃，滅滅喉嚨裡的辣火。父親知我嘴饞，又夾塊滷牛肉犒賞我，父女倆，樂呵呵地。就這麼樣，天長地久地，酒量給練出來了，高粱酒於我嘛，入口是越來越香。

（四）熱烘烘的太陽

一九五三年，林黛與嚴俊主演的電影《翠翠》，紅透半邊天。這劇本是由沈從文寫的《邊城》所改編，描述翠翠與爺爺在茶峒的小山城中，以擺渡為生，相依為命，並穿插了曲折的愛情故事。那時候的林黛，一雙靈秀的大眼睛，把翠翠的清純、善良、可愛給演活了。插曲〈熱烘烘的太陽〉與〈妳真美〉滿街傳唱，這部電影帶動了台灣影壇歌唱的熱潮。

（五）妳真美

我每天在公園裡搖著槳划著船，想像著電影裡的情節，不由得美滋滋地幻想著自己就是女主角翠翠，於是嘹亮地唱著：

搖船的姑娘妳真美　茶峒呀找不到第二位
大大的眼睛長長的眉
白白的牙兒紅紅的嘴
搖船的姑娘妳真美　茶峒呀找不到第二位
身材嘛不瘦也不肥
聲音哪又軟又清脆
多少人呀想作媒　哈哈哈哈
茶峒的城裡那一個配
不知她將來便宜了誰呀　便宜誰

戲裡嚴俊的歌聲是由田鳴恩代唱，在網上我沒找著，現找到的是由呂紀民唱的，他聲音渾厚深邃，非常好聽。

喜歡的老歌，還有〈恨不相逢未嫁時〉、〈斷腸紅〉、〈何日君再來〉……等。礙於篇幅，未便一一細列。

寫到這兒，恰收到林兮老師寄來新出版的《桃花。一朵》。小心翼翼地打開，即使是封套也不願它有半點兒毀損。

傅孟麗於序文中說得好——「中西合璧的曲風，將詩詞几案上的人物與故事，勾勒成一幅纏綿動人的畫面，譜成一曲曲盪氣迴腸的樂章。」

看著、聽著，這前所未見的跨界合作，我沉醉在詩人飛天與作曲家林兮以「情」貫穿的詩集與原聲帶中，悄然成就自己那份掩埋心中已久的「痴」，任它隨著詞曲在心海奔流……

荒島上，就帶著它一塊兒去，陪我共度晨昏，以慰寂寥。別的，都不用了。大浪來襲，當然是揣它於懷，好生護著。

惘然記

ＵＤＮ部落格最近吹起一陣復古風，大夥兒串聯接龍，上傳自己年輕時期的照片，一起來回憶那段成長歲月。

格主看雲同為台南女中校友，不過比我晚了很多屆。我邊欣賞她文中唸中學時極為精彩的粉墨登場，邊嘆服她井然有序的詳盡介紹及收藏完整的一系列照片，沒想到她於文末點名我續接龍，當時閱讀她文章的輕鬆寫意頓時消失得無影無蹤，代之而起的是憂慮。

印象中，我小時候很少照相，相機算是奢侈品。以後即使有機會照相，可是移居國外時，瀟灑地揮一揮衣袖，沒帶走什麼照片。怎麼辦？拿什麼來分享？

這幾天，努力地翻箱倒篋，終於找到幾張極珍貴的兒時照片，不知是於何時何地照的？小時候的我，看起來圓呼呼、胖嘟嘟的。長大瘦了，可是中年後體重漸增，儘管十分注意，磅秤上的數字依舊是易上難下。

約兩歲

一歲時與母親、姊姊合影

初中時全家福

看到參加金門戰鬥營所拍的一些照片，很興奮。記憶長河中，那些遙遠的點點滴滴，忽然間，如排山倒海般一波又一波地湧現到眼前來。

大一暑假，我們這群大專院校學生在高雄登上軍艦，朝戰地金門進發。無邊無際的海水，隨著前進的軍艦翻滾著白浪。艦上的官兵熱情款待我們這批興奮好奇的大學生，帶著我們四處參觀。第一次乘船的我，覺得暈眩，雖極力忍著、壓制著，可是在胸腹內隨著浪頭翻攪的五臟六腑，終經受不住軍艦的顛簸搖晃，哇的一聲，我趴在船舷，對著海浪大吐特吐。過後，進入船艙躺下休息，別說是走動，到了用餐時間，也無力爬起。好不容易，熬到了金門。直至上了岸，奄奄一息的我才「活」了過來。

大夥兒住在因放暑假空出來的金門中學。營區名「志清莊」，兩邊是當年耳熟能詳的樣板標語——「立定實行三民主義的大志」、「負起拯救大陸同胞的責任」。女團員的營區，還掛著「木蘭村」的旗幟。每人發了套軍服，開始為期兩週的軍事洗禮，體驗前線戰地生活。如烈火般的驕陽，兜頭曬下，我們的細皮嫩肉沒幾天就曬得黝黑油亮。每天汗如雨下，軍服是乾了濕，濕了又乾，都泛出了鹽白。混身散發出的汗味醺人，長這麼大，從沒這麼臭過。那些男團員更不用說，成了名符其實的「臭男生」。

晚上洗澡，即使同為女生，我不敢也不習慣與大家裸裎相見。姊姊、阿香與我等別人洗完，才偷偷摸摸地摸黑進去，胡亂沖洗一番。阿香有付好嗓子，邊洗邊唱起當時很流行的〈心戀〉：「我想偷偷望呀望一望她，假裝欣賞欣賞一瓶花……」，誰知她是有心還是無意，此時此景，那歌詞倒是挺應景的。

翌日，看戰士們的演習、蛙人們的操練。他們一個個精壯結實，如生龍活虎般，於烈陽下認真做著每個動作。表演完，我們鼓痛了雙掌，大家一擁而上，與他們一一握手，表達我們真摯的謝意。我感動得好想為他們拭去混合著汗水的滿臉塵土，可惜沒這個勇氣，那年頭，還挺保守的。

大一暑假與姊參加金門戰鬥營

雷開瑄將軍時任金門副司令，前來看看我們這群大學生。我趨前轉達雙親問候之意並與雷伯伯合影留念。與雷家同住台南，時相往返。每回至雷家，雷伯伯多半不在，母親與雷媽媽總是以鄉音興高采烈地聊著。大學畢業後，我們舉家遷往台北，與雷家就此失去了聯繫。

沒來金門之前，以為它是個不毛之地。沒想到公路兩邊栽種的樹及花木扶疏的「官兵休假中心」，讓我看到政府及全軍民為綠化金門所付出的努力。參觀於地下所鑿建的「擎天廳」時，我更是驚得目瞪口呆。它座落於太武山腹的地下花崗石岩洞，長五十公尺、寬十八公尺、高十一公尺，可容納千餘人。寬廣高大的廳堂，不見任何一根樑柱支撐，顯得格外雄偉壯觀。僅用炸藥、簡單的機械工具，怎麼可能完成這麼艱鉅的工程？真是鬼斧神工，令人嘆為觀止。蔣中正總統在岩壁題字，命名為「擎天廳」，藉以勉勵官兵弟兄人定勝天。

我們曾在「毋忘在莒」石刻前，熱血沸騰地合照留念。還在大膽島上，遙望對岸，心中的激情，洶湧澎湃，至今難忘。那一彎淺淺海峽的隔絕，讓親人痛斷肝腸，以為這輩子再也無法跨越，當年哪會想到今日已能通行無阻？

短短兩週，在緊湊的行程下，匆匆而逝。好遺憾——「才記來時，恰是歸時！」各團員間已不分你我，滋生出患難與共如袍澤般的革命情感。臨別前晚，我們在「擎天廳」辦了場晚會，慰勞辛苦的戰士們。眾多的節目已不復記憶，唯獨葉同學表演的西班牙舞，令我印象深刻。在台上，隨著「蕩婦卡門」的音樂，她口含朵玫瑰，熱情奔放地舞著，已臻渾然忘我的境界，與台下羞怯安靜的她反差甚大。那份狂野，讓人驚艷！

我們終念念不捨地向「木蘭村」及於炮火中屹立不搖的金門告別。當脫下那身讓我熱不可當的軍服時，竟對它生出依依之情。這畢竟是我這一生第一次，也是最後一次穿它。

回程中，滿腦子除了金門外，就是星月下大夥兒笑鬧一團地玩大風吹遊戲的情景，還有男生對著女生高唱：

阿香，阿香，妳幾時辦嫁妝？想起妳來我簡直要發狂。婚禮不會太堂皇，汽車也許坐不上。新娘年輕，生得漂亮，坐三輪車又有何妨？

女生們也毫不客氣地回唱：

阿康，阿康，老實話對你講，你那長相我實在看不上。婚禮連汽車都沒有，娶我你簡直夢想。你不想想，三輪車上，新娘子有多窩囊？

有趣的一幕幕，讓人驚嘆：飛揚的青春，絲毫沒留白！

時光流轉，大一的種種還在眼前，怎麼大學就要畢業了？不得不上相館正正式式地拍了

大學畢業照

張穿學士服的畢業照。忙著謝師宴、宿舍室友的離別宴……然後就迷迷茫茫地帶著「只是當時已惘然」的心境步出了校門。

人生聚散無常，畢業後，這四十多年，就這麼「不道流年暗中偷換」地悄然而逝。每搬至一處，身邊的朋友就像走馬燈似地更換。佛說「前世五百次的回眸，才換來今生的擦肩而過」，平日不是擦肩而過，而是有緣相聚的朋友，當不止是前世五百次的回眸了。想想這份緣，這麼難得，今生焉能不好好珍惜把握？

很喜歡後來流行的一首民歌〈偶然〉，也是唯一一首閒來我唱時，先生肯幫襯，當個合音天使，跟著哼唱那麼兩句的歌。就讓我們如同歌詞裡：「……縱然不能常相聚，也要常相憶……」吧！

跳舞，也瘋狂？

UDN部落格又刮起拉拉手的旋風，這次題目加上「瘋狂」二字。許多人寫了〈跳舞也瘋狂〉、〈購物也瘋狂〉、〈保姆也瘋狂〉、〈姻緣也瘋狂〉、〈洗澡也瘋狂〉……我想，看我這人或是寫的文章平淡如水，一點也不瘋狂，推理起來，生活裡應也無瘋狂之事，不會有人來拉我的手，心裡悠哉篤定得很，於是輕鬆地去逛別人格子，享受文裡瘋狂帶來的歡笑。

沒想到去拜訪雅筑的清淨蓮台部落格時，赫然發現她在文末點上了我的名。這這這……怎麼可能？我我……該寫什麼好？老天！苦思兩天，想破腦袋，也想不出我曾有何驚天瘋狂之舉，可是又不好意思賴皮不寫。這樣吧，借用別人的標題〈跳舞也瘋狂〉，改成〈跳舞，也瘋狂？〉加上個問號——道是瘋狂，不是瘋狂，細數過往，就權且當它是回憶一場吧。

唸初中時，隔壁的許媽媽學會了跳交際舞（現稱國標舞），十分沉迷。練就舞步嫻熟至爐火純青的地步。她沒出去跳舞時，在家閒著無聊，腳癢，就開著三十三又三分之一轉的黑膠片唱機，要教我跳舞。那個年代民風淳樸保守，台南女中校規又甚嚴，會跳舞，可是太妹行徑，若被教官知道抓到了，會記過的。我推拒著，許媽媽說：「怕什麼？又不是出去跳，在家好玩嘛，沒人知道，何況這跳舞，女孩子家總要學的。」不管三七二十一，拉著我，數著拍子，蓬恰恰、蓬恰恰，耐心地從三步、四步教起，到恰恰、倫巴、吉特巴、甚至於快華爾滋、探戈。無可諱言，日月熏陶下，熟能生巧，踩著音樂節奏，好舒服，無形中我愛上了跳舞。

有一天下課後，在走廊碰見導師，同走一段路當兒，她忽然冒出句：「聽說妳舞跳得很好。」做賊心虛，我嚇一跳，手心冒汗，心想完了，該不會要記我過吧？她接著說：「賀斌老師告訴我，上體育課時，教大家跳土風舞，妳姿勢優美，她打算挑六位同學在校慶晚會上扮成三對男女跳西班牙舞，妳是其中一位。」我鬆了口氣，原來不是指交際舞。

考上大學，父親陪我由南赴北到校註冊，恰逢尚叔叔工作的報社於記者之家舉行慶生晚會，會後跳舞，尚叔叔說帶我見識見識。平日只跟許媽媽在家裡跳，沒出去見過世面，生平第一次踏進舞池，我竟怯怯地雙手輕抖。看著我長大的尚叔叔慈靄地叮嚀：「別緊張！放輕鬆點兒！」跳倫巴時，他又說：「這舞講究韻味，不用全身都擺動，上身端持著，別亂搖晃，僅下身款擺，才有味道。」也許以前跳舞肢體動作較內斂含蓄，而日後漸漸演變成豪放張揚，舉手投足跟表演似的，真是時代不同了。父親不會跳舞，興味盎然地在旁觀看，我看得出他眼裡的驚詫與疑問：「這黃毛丫頭什麼時候長大了?!」

開學後，忙於家教與跑圖書館，與同學間鮮少互動。有人說系裡這麼安靜，一點都不像該當是時髦活躍的外文系，提議來辦個舞會，否則這大學生活跟高中生活有什麼兩樣？於是我們有了第一次的舞會。男生們很驚訝，我這不起眼來自南部的小土豆，居然是女生中跳得最好的。也許，班上同學多半屬於用功型的，會跳舞的人不多，這第一次的舞會，竟然也是我們的最後一次！心中不無遺憾。

堂哥與我同校，舞技精湛，缺舞伴時就來找我。在他的帶領下，我進步神速。舞會裡，每當快華爾滋、探戈音樂一響起，眾人紛紛回座，他卻帶著穿三寸半高跟鞋的我，踩著音樂的節奏，在全場恣意地舞著、旋轉著。那飄飄然的滋味好美，記憶中〈海燕〉那首歌的感覺不禁浮現，再一次地長著翅膀，「我歌唱、我飛翔——在雲中、在海上……」不只是現實生活裡，多少次於夢中，我衣袂飄飄、身輕如燕地飛舞著。

歲月如流，一眨眼，出國已幾十年。日子就在工作、家事與孩子間平凡地打轉，日復一日，年復一年。漸增的體重，也徹底摧毀了我「身輕如燕地飛舞著」的美夢。終至退休，我不曾再像青春年少時那般舞過。即使如今給我機會舞，相信也已不復當年舊姿。啊，想來人生每個階段的風景皆不同，只能任那千帆，於斜暉脈脈水悠悠中，悄然過盡。

自從看了丹莉寫的〈我愛頌巴〉一文，就激起我去學的念頭。心動不如行動，新年新計劃，上個星期就去報名參加。第一堂課，剛開始一跳，方知這頌巴舞跟過去跳的舞感覺完全不同，是偏向於健身的韻律操。畢竟生疏太久，又從沒跳過這種舞，兩條腿已沒從前靈活好使，手忙腳亂，看來需要一段時間來適應熟悉才行。

這下，我終於知道，過去曾在心中留下的美好跳舞夢，已隨著逝去的年華，漸行、漸遠、漸淡……

蘭亭歌

走訪「力馬生活工坊」

二〇一〇年十一月四日，「海外華文女作家協會」於台北舉辦為期三天的雙年會。大會結束後，我們來了趟四天三夜的「知性之旅」。

首站參訪客家文化園區，讓大家瞭解台灣的客家文化，然後開向苗栗，抵達位於苗栗縣造橋鄉的「力馬生活工坊」，簡稱「力馬工坊」。由於長年居於國外，對於國內這些創意園區孤陋寡聞，心中不禁對這「力馬工坊」充滿了好奇。

一問之下，原來力馬（原住民語LIMA）意指「五」，手掌張開即是五，象徵原住民一切皆是用手打造出來，也代表著手、手藝。創辦者夫婦胼手打造出這麼個融合族群特色的創意園地，冀望「力馬工坊」承繼光揚其意義。

車離開繁忙的國道，於寧謐的山路間穿行。蒼綠深處，入眼是一座以茅草、石板、竹子

力馬工坊

搭建成的傳統住屋。大家魚貫入內，見羅列整齊的一張張桌面上，刻有代表各族群的圖像雕刻，呈現濃厚的原始色彩。天花板一個個菱形圖形，代表祖靈的眼睛，據說是帶給大家智慧、健康。是時，已是中午，待大家坐定，即開始用餐。

一道道創意風味菜依次呈上，女主人拿起麥克風向大家解說：這是「Haha」，以木臼蒸熟的阿美族糯米飯加山豬肉；這是「燻烤鱒魚」，取用彩虹鱒魚的原住民部落特色料理；這道菜稱「你濃我濃」，薯泥沙拉搭配南瓜盅芋泥；這是「阿嬤米粉」，女主人世代家傳的原鄉米粉；還有時鮮的青蔬。這比大餐館裡的細緻菜餚更可口，更耐人細嚼回味。

原來女主人張秀娥女士是世居客家聚落——頭份鎮的「米粉公主」，而男主人南賢天先生是來自台東卑南族南王部落的「王子」。來自不同族群的兩人，相互欣賞、瞭解，進而許下終身。看來他們這對「金童玉女」落實了童話裡令人憧憬的結局：從此王子與公主過著幸福美滿的日子。

近三十年前，南先生在苗栗造橋鄉，創建了一座傳統陶瓷製造的窯廠，與在地客家群眾並肩走過陶瓷鼎盛的輝煌時期。但十多年前，外銷陶瓷產業逐漸沒落。幾經思考後，夫婦倆深入各原住民族群部落，蒐集各種祭典與傳統圖騰等資料，致力研發兼具精緻與傳統的原住民手工藝品，推出具原住民與客家文化色彩的生活陶瓷，把傳統舊陶廠轉型為結合產業、休閒、餐飲及族群文化的特色園區。二〇〇四年三月，「力馬生活工坊」開幕。

餐畢，大家四處走動參觀。窗外，驟雨初歇。陽光下，雨珠在似荷的芋葉上滴溜著，亭亭傘蓋撒下的一片翠綠，與門牆兩邊對聯的艷紅相互輝映，給素樸的廳堂帶來一份盎然生意，此情此景，一份怡然舒暢自心底升起，漫向全身。

略事休息後，接下來的節目是聆聽一九九七年榮獲全國原住民母語歌唱比賽冠軍的南先生演唱。演唱場地是在運用客家瓦片屋簷，營造出三合院晒穀場的空間意象，表現客家文化的特色區。這時，一身原住民服飾的南先生出場，場內燈光頓時暗了下來，只聚焦在有著一雙深邃大眼的南先生身上，大家屏息以待。南先生以原住民母語唱著懷念家鄉的歌曲，極具豐厚情感的天籟之音悠悠地在廳中迴盪，牽扯觸動了海外遊子們久藏心中的思鄉之弦。隨著他聲音的高亢低迴，大家的情緒也跟著起伏跌宕，那份悸動發自內、形諸外，使我眼眶泛淚，卻不敢眨，怕一眨眼，淚水就會掉下來。不能否認南先生實深具魅力，一曲唱完，掌聲雷動，他已將台下的女作家們迷倒一片。

他續唱了〈針線情〉、〈天天天藍〉等，恰巧這首〈天天天藍〉是我們會員卓以玉所寫，大家聽來倍感親切。一再要求「安可」，巴望這場演唱不要結束，燈光就這麼一直暗下去，讓時光就在此刻停駐！

可惜，燈還是亮了，給大家發言建議時間。大陸來的作家譚湘率先上了台，她感動得說不出話來，抽抽噎噎地，即使張嘴一說，亦是言不成句，一個勁兒地直哭，南先生趕緊掏出手帕遞給她，輕拍她背，兩人順勢來個擁抱，不知羨煞了台下多少人！

續有其他會員上台，發表內心的感動與讚美，張純瑛提出理性的建議，希望今後能有字幕打出，增進大家對歌詞的瞭解。南先生致贈籌辦此次大會的副會長石麗東一組桐花造型的杯具，上台發言的人也獲贈原住民圖騰圖案的馬克杯。

接著，女主人以沉穩的聲調，不疾不徐地向大家說明「力馬工坊」成立了愛心基金會，將經營收益用來回饋原住民鄉親，讓原住民的下一代能受更好的教育。他們真是眼光遠大，深深體悟百年樹人的重要，而無私地肩負起這重責大任。今年他們還捐助了梅園國小修繕教師宿舍，也捐助了縣內汶水國小、泰興國小、士林國小及屏東、台東縣八八水災受災學校。他們的善心，讓人更加敬佩。大家紛紛踴躍購買具原住民風味的生活陶瓷，還有客家傳統服飾圖紋及代表客家精神的雅致桐花造型的香精燈、茶壺、茶杯、餐具等，欲對他們的善舉表達一份微薄的心意。

導遊特別放寬時限，待不得不催我們繼續趕往下一站的旅程時，大家無限依依地向這對可愛又可敬的夫婦揮手道再見。隔著玻璃窗，我猶自頻頻回首遙望，直至這棟具環保意識的建築消失於山路盡頭。

一路上，閉著眼，牆外「力馬工坊」隨風擺動滴翠的姑婆芋與貼在磚牆兩邊的對聯——「進也坐來也坐進來坐坐」、「多也聽少也聽多少聽聽」，不停地在眼前晃動。留存記憶深處的桐花，似亦伴隨著南先生悠遠低吟、扣人心弦的歌聲，在空中迴旋飛舞，然後輕輕地、輕輕地，如羽毛般飄墜，鋪滿了一地的白……呼喚著我們來年再度相遇於此！

台南行　品古韻

二〇一〇年十一月八日，「海外華文女作家協會」參訪了「力馬生活工坊」後，遊覽車逕直向台南開去。

從小在台南公園長大，對台南滋生出一種難以言傳的愛戀。多少次夢回台南，醒來後，驚覺時空早已改換，縈繞心懷的兒時情景不再，不覺十分悵然！如今即將踏上這朝思暮想的聖地，「近鄉情怯」之感油然而生。

待住進濱鄰台南運河邊的飯店時，已是夜幕低垂，臨近就寢時間。回台南公園，重尋往日足跡，已不可能，於是就在飯店門外的運河步道上漫步，感受一下海風的吹拂。斯情斯景，一首有關安平運河的台語歌〈安平追想曲〉在心中響起——「身穿花紅長洋裝，風吹金髮思情郎，想郎船何往，音信全無通，伊是行船堵風浪？……望兄的船隻，早日倒返安平城，安平純情金小姐，啊～等你入港銅鑼聲。」這首敘述十九世紀末台灣與荷蘭混血女子的痴情故事一直傳誦至今，給樸實的古城抹上一筆綺麗色彩，增添了一份令人傷感低迴的韻味。

台南運河　尋兒時足跡

望著兩岸林立的高樓，我滿是迷惑。記得以前這裡是一片魚塭，曾騎著單車小心翼翼地在狹窄的河間小道上行著，就怕一個歪斜跌進魚塭裡，弄得一身泥濘。如今魚塭不見，已被高樓取代！一九二二年開鑿的運河曾讓市區的船隻能直接出海，是台南當年對外的重要通道。後因規劃不周，安平港出口泥沙淤塞，航運的功能漸漸消失，市內排水幹線的污水又盡入其中，致變成污臭之河。近十年來，市政府大力整治運河，興建汙水處理廠，運河兩岸景觀也隨之出現了變化：許多咖啡館、餐飲小吃店進駐，加上入夜後，河岸朦朧的燈光倒映水中，閃閃爍爍，彷彿一顆顆遙落水中的星辰，展現出萬千風情，也許有一天它也能享有如高雄愛河般的美名。

百年古蹟　變身文學館

次日我們來到「國立台灣文學館」，門前的大圓環，似曾相識，證諸導遊，果真就是記憶中的「民生綠園」，那麼這棟文學館就應該是當年稱之為「空戰供應司令部」的所在了！

李瑞騰館長親自接見我們，在女作協大會上他曾為我們主持引言「由黃春明主講的鄉土小說與劉克襄主講的自然寫作」。再次相見，倍感親切。他致詞歡迎並引薦文學館人員杜宜昌先生。

杜先生一邊為我們作導覽，一邊講解文學館歷史，他說：「國立台灣文學館」館舍是一座擁有百年歷史的國家古蹟，前身為建於一九一六年日治時期的台南州廳。此館建築許多構造因戰爭或年久失修而毀損，自一九九七年開始進行修復整建工程，於二〇〇三年修築完成，為台灣近年來「古蹟再利用」的重要案例，亦是文學、文化與歷史結合的重要示範。

追溯其成立，緣起於台灣文學的發展，從早期原住民，歷經荷蘭、西班牙、明、清、日本統治，再至民國，世代更迭，累積了大量豐厚多元的文學作品，可惜因歷史與政治的傾軋，許多文學書冊與相關史料隨世流失，散佚各處。有鑒於此，齊邦媛教授等文化界人士極力奔走呼籲，希望有系統蒐集、保存、研究這些珍貴的文學資產，數年後「國立台灣文學館」於焉誕生，二〇〇三年十月十七日，正式開館營運。透過展覽、活動、推廣教育之方式，使文學親近民眾，帶動了文化的發展。自開館營運七年多來，還不遺餘力地開拓國際交流，並推廣台灣文學於國際。

杜先生指出修復該館時，材料用上好的實心原木，不惜工本，務求堅固，可見對該館的重視。走廊的磚牆上還掛有早期對台灣文學有所貢獻的作者圖片與簡介，對空間作了充分的利用。他帶著我們邁入一展覽館，介紹「台灣文學中的牛」。台灣原為農業社會，人民的生活與農耕有著密不可分的關係，而農耕的主角——牛也就成為文學中反映日常生活的主題。另一館內介紹「台灣漢詩」，而「媽媽的聲音」館內，讓我們感受充滿奶香的母語之美。接著踏進牆上掛滿醒目標題的展館：離散與釘根、原鄉與祖靈、災難與生態、論辯與重建、性別與情欲、禁錮與脫出、反殖與認同、戰爭與傷痕、疏離與超越、批判與關懷，這些對比及相關意涵的文字，令人動容，所附圖像更加深了心靈上的震撼。最後參訪的一個館內，牆上大幅「穿越童年的文學情懷」圖，展示了該館對兒童文學發展的期待。

感謝杜先生專業且熱情地為我們解說台灣文學的發展過程，非常生動引人，讓大家受益匪淺。最後大夥兒與李館長及杜先生合照，為參觀「國立台灣文學館」的行程劃上了圓滿的句點。

恢宏孔廟　引思古幽情

接著我們來到毗鄰的「孔廟」。孔廟廟門以「全臺首學」的金字橫匾做為登堂之階。在大門左側立有一塊下馬碑，以滿漢文並刻「文武官員軍民人等至此下馬」十二字。任何人到此皆需下馬，步行入內，以示對孔子的尊敬。

孔廟建於一六六五年，初設時僅大成殿，用來祭祠孔子，又稱先師聖廟，之後又設明倫堂作為講學之用，是為全臺首學。康熙二十四年（西元一六八五年）改建孔廟為臺灣府學，並改稱「先師廟」，俗稱「文廟」，是全台最早的一座文廟。興建它，代表著興學、興教、尊孔、祭孔，借以弘揚中華民族文化。每年九月二十八日孔子聖誕之日必遵古禮舉行盛大祭典，以保存中國古風。

整個孔廟坐北朝南，恢宏莊嚴，是模仿古代宮殿式屋宇而建造。屋頂為傳統的歇山重檐式，黃色琉璃屋瓦，屋脊兩端翹起，十分典雅。廟內數棵盤根錯節的上百年老榕樹，愈發引人興起思古之幽情。

回母校　憶昔日點滴

乘大家入廟內參觀之際，王克難、劉詠平與我脫隊，奔向母校台南女中，當抵達四十幾年不見的校門口時，十分激動；踏進校園後，更是觸景生情。昔日課堂上的認真聽講、球場上的熱烈競技、搭篷露營的野趣、甚至校園內燃燒似火的鳳凰花、煙雨斜陽下的紅磚校舍……點點滴滴在心湖掀起圈圈漣漪。在長廊裡，巧遇現任校長鄒春選先生。我們將對母校的一腔思念毫無保留地傾洩而出，他亦興奮地邀我們至校長室小坐並合影留念。短暫停留裡，竟能與鄒校長相見，信是有緣。趕著歸隊，告別了台南女中。不知他日再踏入母校，會是何時？

安平老街　飽嚐名小吃

遊覽車開至安平老街，大家各自閒逛。有的入天后宮內拜拜抽籤，有的逛街購物。已是午後，早已飢腸轆轆，渴望一嚐知名的傳統美食小吃。踏進曾獲市政府頒發小吃楷模獎章的「貴記美食文化館」，望文生義，原來它與台南市政府、文資保育協會，共同以文化及保育觀點出發，來推廣台南小吃產業文化。我們迫不及待地品嚐了肉燥芋粿、蝦仁肉圓、鼎邊趖、棺材板、蚵仔煎等。坦白說，以前住台南時，我沒吃過也沒聽過鼎邊趖，現在才知道「趖」是指黏液爬滾的狀態，就是在鼎的邊緣慢慢爬滾的意思。它是以蓬萊米研磨成粉加水調勻，先在抹了油的熱鍋上燙成薄皮，然後與金針、豬肉、蝦仁、香菇、魷魚絲、木耳、筍絲等湯料同煮，再加上獨家的辣味配方，十分夠味。來自大陸的文友們可能不習慣這口味，不過在台灣長大的文友可就吃得意興飛揚了。

四草竹筏　遊古運河

下午「四草竹筏遊古運河」的生態之旅，旨在瞭解自然生態與濕地的保存。百餘年前這條運河為運送鹽、糖等民生物資的人工渠道，現今由於水道變淺，僅能通行竹筏。我們每人頭戴斗笠，依序上竹筏坐好，一路聽解說員告訴我們這裡是紅樹林的故鄉。紅樹林數量居全國之冠，種類有四：五梨跤、水筆仔、海茄冬和欖李。有棵海茄冬經過專家檢定已有兩百歲了，它的胸圍有一百二十三公分。有棵體態很特別，好像在跳肚皮舞，樹幹上有個洞似肚臍，上揚的樹枝像高舉的雙手，隨風款擺。不只紅樹林，我們尚看見土沉香、台灣海桐及綠

大眾廟

珊瑚等其他植物，還看見招潮蟹在岸邊緩慢地爬行。

在進入綠色隧道前，解說員要我們坐好，提醒我們別被樹枝撞到頭。隧道的入口處，上面還寫著「歡迎光臨」、「綠色隧道」的紅字條，分掛兩邊。原來兩岸的樹枝彎向河中央生長，弓起的弧度形成了一條綠色通道。四周靜悄悄地，偶有白鷺鷥優美地掠過水面，總帶給我們驚鴻一瞥的喜悅。竹筏悠悠行船，陽光透過樹梢灑在身上，微風徐來，加上盈眼的綠意，似進入一片安詳寧謐的「桃花源」，好美！

回程遙見大眾廟的倒影映在水中，在陽光下閃著金輝，我們知道看見廟宇，也就意味著快到岸了。有位文友錯過了時間，沒趕上竹筏，正在岸邊翹望，於是大家起鬨再回頭開一趟。解說員說：「這得提前通知。」看看已有別團等著上竹筏，我們想她說得有理，是應該提前通知，不能隨興。沒想到有人提醒我們：「是提錢來通知啦！」解說員笑著猛點頭。

竹筏靠了岸，我們的台南古城遊也在這一刻結束了。一日行程雖短，但內容十分豐富，不愧是趟「知性之旅」。我們不僅觀賞了景區外貌，也體悟了其內涵蓋的文學、文化與歷史背景。台南還有許多可看的：如令我魂牽夢繫的台南公園、赤崁樓、安平古堡、台江國家公園……我會再來的！

離別依依，沒有徐志摩〈再別康橋〉裡的瀟灑，揮一揮衣袖，我懷抱不捨之情，帶走滿天雲彩，續向下一站——嘉義阿里山進發。

阿里山之歌

二〇一〇年十一月九日下午，台南行結束後，遊覽車載著我們「海外華文女作家協會」一行人，奔赴嘉義奮起湖，以便在此趕上接駁專用的小巴士上山，入住「阿里山閣大飯店」。

想起唸小學時，「一二三到台灣，台灣有個阿里山；阿里山上有神木，我們明年回大陸。」是我最早學會的順口溜之一。那時生活艱苦，沒錢旅行，阿里山對我來說是遙不可及的地方，因此對它多了份憧憬，連帶地也對阿里山上的神木生出了幾許崇拜。

遐想中，小巴士載著我們已抵達飯店門口。分配好房間，用過晚餐後，大家三三兩兩地在附近散步。夜色如墨，山中又出奇地寧靜，於是我們早早折返歇息，好養足精神，以迎接明晨聲名遠播的阿里山五奇——日出、雲海、晚霞、森林與高山鐵路中之日出奇景。

高山鐵路　阿里山火車

天未亮，氣溫甚低，每個人都穿上厚暖的外套，準時於大廳集合，前往火車站搭乘小火車上祝山。阿里山鐵路已有七十多年歷史，是世界上僅存的三條高山鐵路之一。完工於一九一四年，興建時主要用途是輸送阿里山林場產出之木材。一九六三年林場砍伐業務結束後，客運與觀光成為該鐵路的主要功能。鐵路全長七十二公里，以蒸汽機的動力，牽動火車爬山，在蜿蜒的山谷中前進，穿山越嶺，由海拔三十公尺上升到兩千四百五十公尺，坡度之大舉世罕見。沿途但見峭壁懸崖、古木參天，足見工程的難鉅浩大。

跳躍式　日出奇景

車行二十五分鐘後，抵達祝山，遠遠就瞧見許多遊客已佇立於寒風中等待。解說員正拿著麥克風介紹：阿里山東鄰台灣最高峰海拔三千九百五十二公尺的玉山山脈，北接雪山山脈。阿里山日出，是台灣唯一的跳躍式日出。在祝山看日出，一年四季的地點與時間都不同，且日出的景致也各異。由於阿里山海拔較高，濕度大，霧氣彌漫，日出不是想看就能看到的，得靠點運氣。

我們的運氣不錯，越接近解說員預告的日出時間，大家越是全神貫注地緊盯著，唯恐錯過了它跳躍式的出現。山巒與樹影，隨著時間的推移，由墨黑轉濃綠再變灰綠，周遭景物漸漸清晰起來。玉山頂隱約現出了瑰麗光芒，灰濛的天空染上了霞彩。猶躲在山峰後面探頭探腦的紅太陽，瞬間，蹦跳出來，頓時光芒萬丈，照亮了整個山谷大地。僅彈指間，這迷人的光影變化，讓遊客們所有的期待化為連聲驚嘆，那神奇的一刻讓來自大陸的文友們更是興奮地叫道：「實在是不虛此行！」

森林遊樂區　阿里山神木群

曾讓我憧憬崇拜樹齡有三千多年，高五十多公尺，二十來人方能合抱的阿里山神木，可惜於一九九七年遭雷電擊毀。一九九八年林務局將它放倒，後來整理出森林遊樂區的其他巨大樹木，形成阿里山神木群，成為新的景點。下一站，我們就來到這森林遊樂區。由於阿里山全區海拔位於一千四百至兩千六百公尺之間，年平均溫為攝氏十度左右，加上豐沛的雨量，使得樹木極易生長，因此蘊藏著非常豐富的森林資源。它橫跨熱、暖、溫、寒四帶，樹群包羅萬象，其中著名的紅檜、台灣扁柏、台灣杉、鐵杉及華山松，合稱阿里山五木。紅檜木尤受矚目，舉世聞名。

徜徉其間，邊享受森林浴，邊欣賞四周風景。眼前出現了姊妹潭，兩個大小不一的湖泊。傳說是兩位山地姊妹追求愛情不果而相偕殉情的地方。潭水清澈如鏡，景色十分清幽。潭邊尚依傍有三兄弟及四姊妹樹，並設有步道，可觀覽全湖勝景。一路上，還見到形態各異、相互虯結的樹根搭配著「金豬報喜」、「永結同心」、「龍鳳配」等創意十足的貼切名字。

豁然開朗　木蘭園

穿過高大筆直的密密樹林，順坡而下，來到了「梅花鹿園」。鹿園早已裁撤多年，留下滿山遍野的毛地黃與山櫻花，後因林務局廣植白木蘭與深色紫玉蘭而更名為「木蘭園」。雖然園中已無鹿，不過一大片湛藍的雲天，帶給人一種豁然開朗的舒暢感覺。可惜沒能趕上三至四月間的櫻花季及四至六月間的螢火蟲季。想像著紅白相間的山櫻花盛放時，該是何等浪漫淒艷的芳菲美景！流螢翩飛時，又是何等詩情畫意的清幽境界！

炒熱氣氛　土產品

越過全台灣地處海拔最高的香林國民小學、受鎮宮、香林拱橋，遙見遊覽車已在停車場等候。抵達後，在等待其他文友時，我們就在旁邊的土產品店逛逛，並買了細緻木筷及典雅的台灣地圖形狀木盒，內裝有泡茶用具——茶匙、茶夾及茶簪。返回車上，有的人買了可折出各種樣式的圍巾，正圍起來看，好漂亮，蒙得大家一致誇讚，炒熱了氣氛。純瑛、瑞琳都買了，來自日本的郁乃熱心地帶我下車前去，要擺攤主以打折賣她的價錢賣我。陸陸續續，又有好多人跟著買，把攤位弄得沸沸揚揚。

終於車上所有人都到齊了，遊覽車開始發動，慢慢啟動的那一剎那，我突然意識到真的就要離開阿里山了！這次等了那麼多年，下次不知何時會再來？沒有答案。能確定的是：人生苦短！緣聚緣散，也許再重遊的機會不大。於是，我深深凝望這座矗立心中幾十年的高山，欲將它鐫刻心版，鎖至記憶深處。

磅礡歌曲　響徹雲霄

於僑居地美國新墨西哥州，我們合唱團曾在教堂、養老院、演唱會等場所，響徹雲霄地唱過家喻戶曉的〈阿里山之歌〉。這原是香港導演張徹拍攝電影《阿里山風雲》時，應用高山族山歌的曲式所譜寫而成的創作歌曲。後經改編，使這首小調式的歌曲變成了大氣磅礡的舞曲，呈現山地同胞載歌載舞的情景和高山族音樂的原生態之美。當年唱時我那麼地思它、念它！海外遊子思鄉的一股熱流直在全身流竄。如今，阿里山不在虛幻的歌詞裡，不在遙不可及的海那邊，而是確確實實地在我的腳底下！

> 高山青，澗水藍，阿里山的姑娘美如水呀！阿里山的少年壯如山。啊……啊……

此情此景，這首歌恰似野火燎原般，在我心頭熊熊燃燒，嘹亮響起。隨著遊覽車，它一路相伴，在盤旋而下的彎曲山路間，不斷地迴旋裊繞……

我在哪裡？

——「海外華文女作家協會」二〇一二年會記

十月十一日，帶著一身疲憊，滿心期待，步出了武漢天河機場。一眼就瞧見湖北作協安排的人舉著名牌來接機，那份貼心的溫暖，瞬間，將旅途勞頓一掃而空。

車子在寬敞的公路上行駛，心裡念著：出了這麼多歷史名人的荊山楚水，該是何等鍾靈毓秀！途經長江大橋，貪婪地望向窗外，惜天色已黑，未能窺清。

會議中心位於風景秀麗的東湖之濱，大門口豎立著「熱烈歡迎出席海外華文女作家協會第十二屆雙年會的領導和嘉賓」的牌子，迎接百餘位作家在這荊楚大地縱論跨文化背景的華文女性寫作。

湖北作協主席方方致詞，為此次盛會拉開了序幕。陳若曦點出海外作家應成為文化橋樑，在僑居地融入當地文化，發揮潛力和前驅能力，創作出新意，給華文注入新活力。

嚴歌苓書寫認識和記憶中的中國，她說：以前窮，但經歷是座富礦，永遠有故事可挖掘。現在經歷接近，生活再也沒讓人一驚一乍的素材，這是我們面臨的新挑戰。

張翎：以前在思鄉中寫作，現今交通和通訊發展迅速，思鄉意識變淡薄，寫作的視角從文化衝突和身分認同轉至「根」上。她已習慣了沒有根的感覺，現在的她，似乎不屬於這裡，也不屬於那裡。她以作家維吉尼亞・伍爾芙說過的「一個女人想寫作，必須要有每年五百英鎊的收入，和一間自己的屋子」來闡明經濟自主和獨立思考空間的重要，並把寫作比喻成一棵大樹，希望隨年齡增長而削減，俾能單純地進入創作中，真實地還原靈魂。

施叔青一路寫來，為的是女性作家不能在文學大河中缺席。她認為許多女性的能力與氣魄不輸男性，因此她小說中，女強人的形象甚為鮮明。她觀察海外華文作家有個優勢：在中西不同文化的衝擊下，具備了智慧的第三隻眼，這開闊了視野並豐富了創作題材。

尤今是新加坡女作家。那裡宗教、種族和教育是寫作禁區，不過她依然針對問題提出相關的反思和批評。稱譽女作家於忙家事中擠出時間來寫，就像是從石縫裡長出的花朵。

大會內容甚為精彩，尚包括冰心與兒童文學、版權、自媒體時代的女性創作座談等。會後參觀湖北省博物館，看編鐘古樂表演，並造訪知音傳媒集團。該團發展之迅速與多元，令人動容。於他們招待的晚宴中，幾位會員熱情的表演，帶動了賓主間的互動，大夥兒歡樂融融。

臨別那天，參觀享有「天下絕景」盛譽的黃鶴樓。它曾被歷代詩人吟詩頌讚，尤其是崔顥〈黃鶴樓〉詩，使它名揚天下：

昔人已乘黃鶴去，此地空餘黃鶴樓。
黃鶴一去不復返，白雲千載空悠悠。
晴川歷歷漢陽樹，芳草萋萋鸚鵡洲。
日暮鄉關何處是，煙波江上使人愁。

許多年前，我曾將李白的這首〈黃鶴樓送孟浩然之廣陵〉詩：

故人西辭黃鶴樓，
煙花三月下揚州。
孤帆遠影碧山盡，
唯見長江天際流。

用毛筆寫好，掛書房牆上。每天於紙上見它，遙想一番。今天得以目睹，雖遺憾它非矗立於舊址上的原蹟，一九五七年建長江大橋武昌引橋時，佔用了它舊址，於一九八一年據史料遷此重建，但當登上最高層極目遠眺時，心中依舊十分激動，時空的距離並未令黃鶴樓在文化歷史上的地位稍減。

離開武漢，滿懷感激，由於女作協團隊的費心安排與湖北作協的全力襄助，一切方如此圓滿。大會雖僅數日，卻令人終生難忘。會後擇其一的長江三峽與武當山之遊，更延續了文友相見歡之情誼。

車抵宜昌，乘遊輪逆江而上，欣賞西陵峽風光。啊，長江！以前它只是課本上的一個名詞，現竟能行於上！當親見這「滾滾長江東逝水」，一覽峽谷壯麗之美時，這遙遠冰冷的名詞已被眼前的景象賦予了生命，鮮活起來。

倚著船欄，望著悠悠江水，它所承載的中華民族五千多年的歷史，一個朝代，又一個朝代地在胸中翻攪。離散聚合，這裡那裡的，突然大會中的「這裡那裡」、「不在這裡不在那裡」詞句冒出了腦海。

從出生到現在，走過一城又一城，心懸著。在新地方，懷念老地方，總覺得人「不在這裡不在那裡」。不禁自問：那麼究竟「我在哪裡？」能夠找到自己的歸屬點嗎？還是如二〇〇八年諾貝爾獎得主法國作家勒・克萊齊奧所說：「離去與流浪，都是回家的一種方式」？

拉回漫遊的思緒，我們下船觀賞「三峽大壩」，登上工地最高點——壇子嶺，縱覽全景。一九九四年二月動工，二〇〇六年五月完工，費時十二年，總投資九五四點六億人民幣，這全球最大的水壩實令人嘆為觀止！翌日停靠巴東縣，換乘豌豆角扁舟，遊覽號稱「鄂西明珠」的「神農溪」。入眼是一片蔥蘢蒼翠，沁鼻的山花馨香，還一睹了縴夫表演拉縴之風采。

船續行於幽深秀麗的巫峽與雄偉險峻的瞿塘峽。抵達奉節時，登上白帝城，看夔門的雄壯氣勢，緬懷當年劉備於白帝城託孤的情節。至重慶忠縣石寶寨，相傳這臨江孤峰拔起的巨石，為女媧補天所遺的一尊五彩石，故稱「石寶」，石形如玉印，又稱「玉印山」。爬上倚「玉印山」而建的精雕塔樓，見內有流米石的傳說——「石穴流出米，可飯一僧，僧嫌穴小，鑿大，米絕。」頓生人不得貪心之警惕。

下一站是鬼文化發祥地酆都，集儒、佛、道於一體的民俗文化藝術寶庫，被譽為「中國神曲之鄉」。過奈何橋時，得男左女右，步伐為單數，且千萬別回頭。回程過橋時，不能走中間，走左側代表大富大貴，走右側健康長壽。大家選走右側，看來持同樣看法：若沒了健康，富貴又有何用！

在這幾天的航程裡，白天賞景，晚上看服務人員精彩的服裝表演，過後共舞同樂。端莊秀雅的文友們拋開了矜持，扭腰擺臀，舞得酣暢淋漓。不過娛樂中沒忘學習，還安排幾位朗讀自己的作品，大家互相切磋交流，冀碰撞出文學的火花來。

猶記啟航時，船長在歡迎宴裡親切地致詞，怎麼一眨眼就是惜別宴了？這最後一夜，直教人離情依依。回憶此行，深深感受到東道主湖北作協的細心周到，那份熱誠熨貼了每個人的心。

船於微曦中駛抵終點站重慶，這是父母的家鄉啊，我心顫抖著。小時候，常聽父親提及朝天門碼頭，沒想到有一天我竟能來到它面前。今年二月初母親被來勢洶洶的胰臟癌奪去了生命。她來不及於臨終前回來，再看一眼她生長的故鄉。此時，我好想念母親。佇立船頭，努力睜大濕了的眼眶，替母親仔細看看這薄霧中的城市與老舊的碼頭。

母親，人在那裡的您，心想必還留在這裡。突然大會中「這裡那裡」、「不在這裡不在那裡」詞句又再度浮上腦海。不知在那個世界裡的母親可會有此困惑？我知道，此時面對全然陌生的故鄉——重慶，我卻不由自主地惶惑著：「我在哪裡？」

醉美台中

——「世界女記者與作家協會」二〇一二世界年會記

當收到我們「海外華文女作協」創會會長陳若曦女士來函，邀請會員參加「世界女記者與作家協會」（ＡＭＭＰＥ）於十一月十六日至十九日在台中舉行的二〇一二世界年會時，除十分感謝與驚喜外，更深受大會主題所吸引：在「索羅魔」時代——數位化如何改變媒體世界和文學創作（IN THE ERA OF SO LO MO——How Digitalization has Changed the Media World & Literary Creation）。

So Lo Mo 是social＋location＋mobile的縮稱，可直譯為「社群、在地、行動平台」。這主題定得好！網路早已被廣泛運用，深入生活，即使活在ＬＫＫ年代的人也受到影響。新趨勢下，傳統媒體該如何因應？它又怎麼改變了文學創作？

ＡＭＭＰＥ是西班牙文Asociación Mundial de Mujeres Periodistas y Escritoras的縮寫，英文名是

World Association of Women Journalists and Writers。一九六九年，墨西哥的資深女作家賈葛莎女士（Ms.Gloria Salas de Caldron）結合了一群在新聞界工作的婦女，於墨西哥成立此會。每兩年由當選的總會長，在該國召開會員大會。她希望藉這個組織，讓世界各地的女性新聞工作者和女作家相互交流，彼此交換心得和工作經驗，進而提升婦女的視野、技能和社會地位。

一九八六年，中華民國加入成為第二十七個會員國。身為資深媒體人的高惠宇、沈春華先後於一九九六年與二〇〇四年當選為總會長，因此已在台北舉辦過兩次大會。今年第三度，由當選的李艷秋總會長首次於台中主辦。

大會在台中市新市政中心大樓舉行，由沈春華主持開幕典禮。主席李艷秋先致詞，副總統吳敦義、婦聯會主委辜嚴倬雲女士、台中市長胡志強與外交部中部辦事處長萬家興以貴賓身分陸續致詞。

辜嚴倬雲女士一進場，四周即傳來「辜媽媽」的親切呼喊聲，記者們蜂擁而上採訪。眼前端莊雍容的她，神采奕奕、步履穩健地步上台，絲毫不見老態，不敢相信，她已九十高齡。

四月剛卸任的斯洛伐克前總理羅秋娃女士（Iveta Radicova），應邀前來擔任主講嘉賓。行政院政務委員張善政也發表十分吸引人的專題演講：「網路與媒體，朋友或敵人？」

大會針對這次主題，分四場討論，分別探討趨勢面（由中華民國分會理事陳月卿與阿根廷分會會長Nily Povedano主持）、實務面（由AMMPE前總會長高惠宇與墨西哥分會會長Rosa Maria Valles Ruiz主持）、教育及人才面（由遠見雜誌副社長楊瑪利與智利分會會長Noelia Miranda Fernandez主持）和綜合討論（由高惠宇與中華民國分會會員沈呂竹主持）。

來自美國NBC新聞節目《今日（Today）》得過六座艾美獎的華裔製作人方祖欣，展示NBC如何因應社群網路的蓬勃興起；於新加坡連續多年獲獎的董素華，敘述她如何做跨媒體的新聞整合，來活化傳統媒體；祕魯名作家Blanca Miosi，現身說法如何利用社群網路，讓自己的小說在亞馬遜長居暢銷榜。

政大新聞系教授蘇蘅，講述新聞寫作的數位革命；花蓮東華大學華文系教授須文蔚，則以偏鄉實現數位機會平等為題發表演說；政大資訊管理系副教授尚孝純，探討我們面對SOLOMO該跟風還是活用；曾在華爾街任投資分析師的香港金融投資業副總裁胡一天，解說SOLOMO時代的金融宣傳模式：製造需求與新聞學。

論壇內容豐富扎實，結束後，李豔秋隨即召開會議，幹部一致同意推舉墨西哥籍媒體人羅莎（Rosa Maria Balles Ruiz）接任下屆總會長，二〇一四年的年會定於墨西哥舉行。

台中文化局安排了藝術文化之旅——參訪宮原眼科、市役所、國立台灣美術館及台中大安圖書館等市區景點。日據時代的宮原眼科，保留舊名，翻修為華麗古典的新建築。挑高的樓層，巨大的木櫃，彷彿踏進了歐洲圖書館。擺放的各種鳳梨酥、巧克力、茶品等伴手禮，讓人驚艷，難怪它成為台中人氣最夯的新景點。另外，大家對設備先進的台中大安圖書館嘖嘖稱讚，尤其是波比運書機器人。

霧峰林家花園——萊園，它是由林文欽先生（台灣民主運動先鋒林獻堂之父）於一八九三年為讓其母親羅太夫人有一個休閒娛樂、安養怡年的地方所建，這份孝心令人感動。於萊園五桂樓，邊看陳列的文物服飾，邊緬懷林先生的孝思。離去時，回首濛濛細雨中的幽靜庭園，更見其清韻之美。

在大甲裕珍馨餅店，我們親手試做奶油酥餅，體驗糕餅文化。每人在餅上寫下自己編號，便於烤好後識別。這以手工製作的餅，保留了傳統風味。天然奶香的化口酥皮、Q軟甘甜的純糯米麥芽內餡，吃後唇齒留香。

香火鼎盛的大甲鎮瀾宮，供奉的媽祖像，中有純金打造的，金碧輝煌，光燦奪目。絡繹不絕的信徒，讓人見識到這媽祖信仰深入民間的力量。於廟前，聲五洲掌中劇團的王英峻先生將手中的布偶操弄得活靈活現，眾人看得目瞪口呆，驚嘆連連。

翌日，天氣放晴。置身新社花海，陽光下的花朵更形嬌豔。不管是搭建的室內館，或室外的花景，加上遠山上飄浮的朵朵白雲，美得教人流連忘返。尤其又見媽祖以花為裳的塑像，她那神情比鎮瀾宮內的更顯親切可愛。中午就在「菇神觀景餐飲」用餐。眼前是菇類養生火鍋飄出的氤氳香氣，窗外是一片怡人翠綠，坐在那兒，好似神仙般的舒適愜意！

這幾天盤盤佳餚美饌，展現出蘊含如詩似畫的特殊中華餐飲文化。於舌尖滑過的雖是色、香、味俱全的美食，但在心間流淌的卻是主辦單位的篤實用心。美酒淺酌，朦朧的醉意浮上了眼簾，我已醉在這份濃情厚誼中！

「認真的女人最美麗」！對舉辦此次大會秘書長傅依萍、歐陽元美、蔡文怡……等一眾美麗姐妹們的辛苦付出，還有辜嚴倬雲女士、台中市長胡志強、文化局長葉樹姍、新聞局長石靜文與外交部等的大力支持與贊助，心中滿懷感激與敬意。他們圓滿成功地把台中推至世界舞台，贏得與會嘉賓們的一致交相讚譽。

閉幕晚宴上，李艷秋率領會員卯足勁演唱三首歌：小雨、快樂向前行與我的太陽，贏得了滿堂彩，安可聲不斷。當原住民節奏輕快的音樂響起，挑起大家一起舞的熱情，來自世界各地的嘉賓們手牽手、心連心地繞場歡舞著。啊！這一刻多麼美好，「醉美台中」的感覺悄然湧上心頭……

沙漠奇葩

——「全美傑出亞裔工程師獎」頒獎典禮紀實

美洲中國工程師學會（Chinese Institute of Engineers-USA），簡稱CIE-USA，第十一屆「全美傑出亞裔工程師獎」（Asian American Engineer of the Year Award）頒獎典禮已於二〇一二年三月三日在我們新墨西哥州阿布奎基市（Albuquerque）的萬豪酒店（Marriott Hotel）隆重舉行。

此會成立由來：

中國以前尚無自己的工程師時，所有重大的工程項目均由外國人承擔。但在一九〇五年，有了京張鐵路（從北京至張家口），它是第一個由中國工程師詹天佑負責主持設計的工程項目。那時國家意識到工程師的重要性，於是派遣許多學生到國外學習科學與工程技術。

一九一七年，一群有才幹及遠見的在美的中國工程師於紐約成立了美洲中國工程師學會

（CIE-USA），它是一非營利、非政治性之機構，是為建立和完善工程設施和技術能力的純科學與教育的組織。

為致力於推廣發展全美科技並聯繫協調相關專業領域的活動，一九八六年全國總會（National Council of CIE-USA）於焉誕生。現名下有七個分會：大紐約分會Great New York，舊金山灣區分會San Francisco Bay Area，西雅圖分會Seattle，達拉斯分會Dallas-Fort Worth，新墨西哥分會New Mexico，海外華人環保分會OCEESA（Oversea Chinese Environmental Engineers and Scientists Association）及南加州分會Southern California。

2012年全美傑出亞裔工程師獎

二〇〇二年由達拉斯分會發起「全美傑出亞裔工程師獎」頒獎典禮活動，頗受好評與矚目，以後每年由不同分會輪流主辦。二〇一〇年大紐約分會主辦時，我們新墨西哥分會第一次爭取到二〇一二年的主辦權。

從紐約一回來，十二人擔綱負責的籌備委員會即時成立：主席Eliot Fang，共同主席Yung Sung Cheng，秘書I-Ming Chen，財務Simwing Gohard，總務Margaret Chu與我Theresa Jaw，提名Tze Yao Chu，文宣David Hsi，募款Chui Fan Cheng，資訊科技Lin Ye，節目活動Leo Jaw與James Chen。隨著討論的進行，工作逐漸擴展細分，到最後組成三十幾人的志工團。籌備期間大家精誠合作，秉持一個共同的理念：務必將大會辦好。

這一天終於來臨！報到處忙得不亦樂乎。在頒獎典禮的前一天，三月二日早上即有專業技術性的導覽——參觀聖地亞國家實驗室（Sandia National Laboratories），為此次大會拉開了序幕。

當晚，在國際氣球博物館二樓大廳舉行頒獎前一晚的晚宴（Pre-Award Dinner）。此時玻璃窗外碩大的夕陽將此州的地標——聖地亞（Sandia）山映照得如同西瓜般紅燦，其實Sandia的西班牙語意即西瓜，這座山因此得名。加上四周遼闊，視野極佳，與會者無不讚嘆，當初Margaret與我為選具此地特色之宴會廳所耗之心血沒有白費。

來自不同州的與會者於雞尾酒會中輕鬆融洽地交流在一起。這場前宴是由波音公司（The Boeing Company）與英特爾公司（Intel Corporation）贊助，主要是介紹次日頒獎典禮的流程與應注意事項並讓與會佳賓們互動認識。宴後，佳賓們還至博物館一樓看熱氣球在此州發展的歷史。

三月三日上午的文化之旅，參觀印地安部落文化中心（Indian Pueblo Cultural Center）、國家核科學及其歷史博物館（The National Museum of Nuclear Science & History），並遊老城區（ALBQ Old Town）。同時在Marriott酒店也舉行了一場由Dr. Jeffrey Brinker作的專題演講——「應用於癌症治療的納米技術」（Nanotechnology for Cancer Treatment）及與會贊助公司的代表們對其公司作的簡介。這些公司還在走廊設立展覽攤位，擺放許多資料，便於有興趣者探詢。

為掌控晚宴時間準時結束，將攝影提前至下午三點舉行，十九位得獎者一一上台由專業攝影師幫他們先拍單獨照，再與陪同來的家人合照，最後是所有得獎者來張團體大合照，給他們榮耀的一刻留下見證。

接著是由洛克希德馬丁公司（Lockheed Martin Corporation）與聖地亞國家實驗室（Sandia National Laboratories）聯合贊助的貴賓接待酒會。貴賓們吃著侍者遞上的點心，端著酒杯，在人群中穿梭，彼此歡愉地交談，結交新菁英。

是晚，正式的頒獎典禮在Marriott酒店宴會廳舉行，共約四百三十人出席。男士們西裝革履，女士們一襲長禮服，搖曳生姿，滿室衣香鬢影。擴音器傳出：請關閉手機，晚會開始。

此時，振奮人心的鼓聲咚咚響起，舞獅隊進場，將三隻造型可愛、精神抖擻的獅子，舞得俏皮可愛，為晚會的開幕增添了熱鬧，點燃起大家滿腔的興奮與期待。掌聲過後，新墨西哥海軍陸戰隊後備軍官訓練團的扛旗員進場（New Mexico ROTC Navy and Marine Corps Color Guard），司儀請大家肅立，聆聽美國國歌演唱。

大會主席Dr. Eliot Fang上台致開幕詞，感謝贊助公司的支持，籌備委員會工作同仁及所有志工們的努力，並點出今晚主題——表揚在科技與工程領域有傑出成就而得獎的工程師們。

司儀摘要宣唸收到的幾封恭賀信，包括此州州長、市長、國會議員、參議員、能源部長、加州國會議員及歐巴馬總統。

頒獎典禮首先表彰兩位不僅有傑出成就，同時擁有國際地位和影響力的亞裔美國人。

終生成就獎：加州理工學院的Dr. Alice S. Huang

她在病毒學研究上的傑出貢獻和在醫學、科學教育和專業協會的卓越領導，及不遺餘力地鼓吹與提倡促進婦女和少數民族在科學研究領域的地位而獲此殊榮。

傑出科技獎：哈佛大學的Dr. Venkatesh Narayanmurti

他在聲子光學和納米半導體領域的成就，及有遠見的領導和創業精神而獲此殊榮。

也同時表揚另外十七位傑出亞裔美國科學家、工程師和企業領導人，因他們的專業知識和公共服務領域的卓越貢獻而獲頒此獎。

發表主題演說的是Dr. Paul Hommer——此地聖地亞國家實驗室的總裁。演講內容著重在當前國家面臨的挑戰，亞裔科學家與工程師協助解決問題所扮演的角色，國家期許並依賴今晚得獎人將科技成就的火炬繼續傳遞下去。

表揚獲獎者時，左右兩邊的大屏幕上播放該得獎者公司及其個人資料的簡介，縮短步上台口頭報導的時間。而且在得獎人步上台時，聚光燈投射在他（她）身上。聲光效果，使他（她）成為全場焦點，獲得應有的榮耀。

一連頒完五個獎項後，穿插播放亞裔移民美國的歷史，包括中國、日本、印度、韓國、菲律賓等，尤其中國，那簡直是部血淚史，搭配著音效小組精心製作的感人音樂，突顯無聲黑白影片的戲劇張力，十分震撼人心，全場為之屏息。許多人都濕了眼眶，一份深沉無言的痛正在心田聚集擴散。影片完時，全場爆出如雷的掌聲，感謝Dr. Tze Yao Chu花費了許多功夫搜集來這麼珍貴的史料。

頒完了終身成就獎，屏幕上播放新墨西哥文化、歷史、風景、節慶、美食等特色的影集短片，讓遠道而來的佳賓認識且悟受何以新墨西哥州被稱為「迷人之地」（The Land of Enchantment）。

此時，音樂響起，雷射光將舞台及四周牆壁幻化出不同色彩的漂亮圖案。只見佛朗明哥舞的樂師步上台，當他把吉他弦一撥弄，數個身著舞衣的女孩進場聞聲起舞。一抬手，一轉頭，一扭身，顧盼回眸間，踩著旋律的節奏，吸引了眾多來賓們的目光。我極愛此舞，目不轉瞬地凝視，對我來說，也許這些女孩太年輕了，沒能跳出此舞的精髓及深邃的韻味。

餘下獎項頒完，晚會接近尾聲，大會共同主席Dr. Yung Sung Cheng上台致閉幕詞，並鄭重宣佈二〇一三年的大會由德州達拉斯分會主辦，將大會印信移交給他們的主席Dr. Grace Tyler。至此，大會圓滿結束。具墨西哥特色的巡樂隊（Mariachi Band）上台，演奏著悠揚動人的歌曲，歡送賓客。

會後，佳評如潮，誇讚原係枯燥的典禮因節目豐富多元、時間掌控得宜而變得生動有趣。原先擔心州小人少，力所不逮，又沒辦正式大典的經驗，其實這反而惕勵大家全力以赴。

在這片荒漠，我們辛勤耕耘，日夜澆灌，注意每個環節，且腦力激盪，將創意發揮得淋漓盡致。古云「一分耕耘，一分收穫」誠哉斯言！感謝每位志工無私地付出，新墨西哥分會，不負期望，終孕育出這朵人人稱譽的沙漠奇葩！

紫藤廬之約

大學畢業後，系裡同學如星流雲散，我也沒入茫茫人海裡，與他們失去了聯繫。

歲月匆匆，不知不覺地，幾十年就這麼悄然而逝。兩年多前，突然接到陳竺筠的email。她高興地說，終於從我一高中同學處得知我的電郵地址，從此我的名字就掛上了她寄來的一長串聯絡名單尾。

翻出畢業紀念冊，將聯絡名單上的名字，與冊上的照片一一比對。看見熟悉的臉孔，塵封的記憶逐漸開啟；看見完全陌生的臉孔，十分詫異，怎會不認識呢?也許系大，許多課分小班制，曾同過班的，自是熟稔些，其餘的，雖說是老同學，那感覺完完全全就像新朋友般。

一聯絡上，紛紛來函致意，一再說待我返台時要好好聚聚。十一月趁返台參加「世界女記者與作家協會二〇一二世界年會」之便，陳竺筠與楊嘉雄分別去聯絡同學，為我訂下了紫藤廬之約。

這見面地點——紫藤廬是鄭振煌所選，想起十幾年前，看到他翻譯的《西藏生死書》時，心中十分激動。這是本深入探討如何認識生命本質，如何接受死亡，以及如何幫助臨終者和亡者的書。他在譯序裡提及：佛法的特質表現在通達生死一如、解脫輪迴的智慧上，更表現在「但願眾生得離苦，不為自己求安樂」的慈悲上。也如同他翻譯過程中的心境，此書的每一個章節，每一段文字都讓我感動不已。寒冬，夜深人靜，靈台清明，心思純淨，我邊讀邊做筆記，書中的字字句句鏤刻在心版上。對這位老同學信達雅的譯筆，十分欽佩，更對他的人生境界景仰萬分。從沒想過，相隔千萬里，有朝一日我們竟能再聚！

飛抵台北的第二天，十一月二日，即是聚會的日子。近鄉情怯，見故人更是情怯。女人嘛，出門前，總思量著穿著。幾十年不見該穿什麼好？為喚起對過往青春年少的記憶，決定穿件明亮的大紅色短袖上衣，搭配條閒適的牛仔褲。走在前往紫藤廬的路上，邊走邊想：經過歲月的洗禮，以前苗條輕盈的我，從燕瘦變成了環肥，他們會不會認不出我來？還有他們又會變成什麼樣了呢？秋陽淡淡灑下，已非盛暑，不過心裡七上八下地想著、興奮著、緊張著……額頭竟微微沁出汗來。

先生陪我提前半個鐘頭抵達，在紫藤廬沈靜、素樸、典雅的氣氛下，浮動的心安定下來。我們從容地從院子裡的紫藤花架、池塘裡的錦鯉，看到室內的花廳、大廳、紫青房、佑廳、紫蘇房、紫緣廳。不論是牆上掛的字畫、桌上的插花擺飾及施叔青的一篇《它是台北的文化地標》，都一一駐足於前，慢慢欣賞這具歷史與文化意義的「紫藤廬」及細細體味它於一九八一年一月十八日開幕時的宣言——「自然精神的再發現，人文精神的再創造」。

終於響起了人聲，打破了周遭的寂靜。二十來位同學與他們的眷屬相繼到來，都認得嘛，可見變化不大。鄭振煌倒是一頭青絲轉成白髮，閃著銀光，好漂亮，一般人形容這是智慧的象徵。看他沉穩的笑容與睿智的眼神，此言不虛。

唸大學時，他就參加了晨曦社，潛心佛學研修數十年。有三十幾部譯著，以佛學書籍為主，並長年主持佛學講座、研習營及禪修營。終年忙碌地東奔西走，難得有幾天空，特為此次聚會留駐，心中甚為感動。

見到楊嘉雄，因他熱心地常發電郵給大家並舉辦此小型同學會，於是尊稱他聲班長，他馬上謙虛地說：「班長是郭譽珮。」郭譽珮是我們那屆聯考的乙組狀元，自然成為大家擁戴的班長。我趕緊補句：「郭譽珮是畢業前的班長，而你是畢業後的班長！」

當陳竺筠踏進紫緣廳時，風采依舊，讓我想起第一次見她的情景。那時已經開學，教授領著她進教室，將剛隨同家人自英國遷台的她，介紹給大家。我立即被她端莊大方的氣質及一雙盈盈秋水，卻似起了層霧般，散發出柔和溫婉的神韻所吸引。她一口流利的英語，更教剛進大學還在文法與會話中奮鬥的我羨慕不已。

從同學的來信中獲知，她留校任教，後嫁給了文壇上享有盛名的王文興教授。一九六五年王教授自美深造歸來，即受聘於台大外文系。我沒上過王教授的課，對他的認識全來自於日後報章網路上的報導，如一九七三年出了《家變》一書、花了二十五年完成《背海的人》的寫作、二〇〇九年為第十三屆國家文藝獎得主、二〇一一年獲頒法國藝術與文學騎士勳章……他的作品深具實驗性與創新性。對寫作嚴謹、提倡精讀的王教授洋洋灑灑的諸多介紹中，令我印象深刻的倒是他的自比「寫作過程如同打鐵，一字一句都是打出來的。」陳竺筠優雅嫻靜的神態，散發出一股恬淡愉悅。很明顯地，志同道合的他倆是對神仙眷侶。

此時一眼瞥見朱志騫步入，臉上飽滿紅潤，他怎會越活越年輕了？想當年，比我們年長十來歲，他的成熟穩重，襯出少不更事的我們更加稚嫩。如今歲月把他變年輕，卻把我們變老了，這之間曾有的差距被一把抹平。

班上有對姊妹花——顧雙璧與顧雙輝。記得初識打招呼時，明明在身前，怎麼一轉眼，又在身後，以為自己眼花，原來是對雙胞胎。這次顧雙輝沒空，顧雙璧從關島趕來，大姊陪她與會。她大姊是我們同系學姊，高我們好幾屆，與白先勇、陳若曦、王文興同班。

話不多的楊玉惠，看起來挺斯文秀氣。陳綺紅帶著她的攝影專輯與大家分享，一臉笑容、活潑開朗的朱開芬、還有名字響亮、身材仍保持如少女般苗條的李醒夏與我，三人一起認真地翻閱陳綺紅傑出的作品。有的還獲獎，真不簡單。陳綺紅說有時候為拍張好照片，得在景點守候好幾個鐘頭呢。的確是一分耕耘、一分收穫。任何事情的成功，都需付出代價。

曾為人師表的鄭正位遠從台中霧峰趕來，盛情可感。他做事一向認真負責，肯定是位好老師。張重彥，和泰汽車的總經理，精力充沛，毅力驚人，難怪能抗癌成功。他今年八月一日正式退休，相信他必是退而不休。朱貞和，帶來青果運銷合作社二〇一三年的水果月曆，分送大家，這是份實用且有意義的禮物。好喜歡這份月曆，台灣水果在我心目中是世界第一。返美後，即高掛家中牆上，每個月可欣賞到不同的水果畫面，重溫在台時品嚐它們的滋味。

馬承驌，樣貌身材都沒變，還是一副好好先生的模樣。劉信義問我，可還記得他名字？不問還好，因為在電郵上，看到要來參加者的名字，我都認識。只是臨時給他這麼一問，舌頭突然打結。他不想讓我難堪，趕緊報上名來。我們同過班，當然認識，不過經此一問，今後，他的名字，我可是牢牢記住了。

當年，大家在椰林大道上，忙碌地來匆匆、去匆匆，沒好好聯誼過。或許那時太年輕，覺得有大把青春可供揮霍，還不懂得珍惜人與人之間的緣分。待青春已逝，再回頭，方領悟——「佛說：前世五百次的回眸，換今生一次的擦肩而過。」四載同窗，那得回眸多少次才換來如此深厚的同學情誼啊?!

和風式的午餐送來，色澤引人又營養可口。熱絡的聯誼聲，暫且消失。環顧四周，看看這些低頭用餐的老同學，分開那麼久後，還能共聚一堂，心中竟漲滿了幸福的感覺，也深深領會網路上傳來的幾句話：

朋友是琴，演奏一生的美妙；
朋友是茶，品味一世的清香；
朋友是筆，寫出一生的幸福；
朋友是歌，唱出一輩子溫馨的祝福。

無奈曲終，終歸人散。我們步出紫藤廬，請先生幫我們大夥兒來個合影留念。他高喊：「帥哥美女，請看這裡。」都這把年紀了，還帥哥美女呢，大家噗哧笑出聲來，他成功地將歡樂的此刻定格。

接著楊嘉雄還安排就近參訪「殷海光故居」，去向教過我們理則學的殷教授致意並緬懷這位令人敬佩的一代哲人。與不去參訪的同學揮手道別，日後大家還會再見嗎？西藏女詩人扎西拉姆・多多的詩——〈班紮古魯白瑪的沉默〉浮上心頭，它應是此時心情的最佳寫照：

你見，或者不見我，我就在那裡，不悲不喜；你念，或者不念我，情就在那裡，不來不去……

註：這首詩〈班紮古魯白瑪的沉默〉被誤以為是倉央嘉措／六世達賴喇嘛的詩——〈見與不見〉。

寫給立立（荊棘）

立立：

十二月十四日清晨七點多鐘，離開了妳聖地牙哥可眺望港灣美景的家，一路往東開。跨過亞利桑那州南邊的Gila Bend城南下後，經過幾個小城，進入了墨西哥。到達目的地Rocky Point城時已是下午五點來鐘，其間的距離遠比我想像中來得長。

於一片廣袤的沙漠中建起的度假中心，只因另一邊面向海吸引了遊客，不過用電腦極為不便，因此沒能立時給妳寫信，希見諒。

一星期的海邊度假，轉眼即逝。昨天開長途車返抵家門時夜已深，疲累之餘，毫無精力上網，甚感抱歉，今天一起床即趕緊書寫此信。於停留聖地牙哥兩天三夜期間，充分感受你們夫婦倆款待的熱忱、話語的幽默、時時流露出的溫馨關懷……這些都永遠銘記我們心中。

臨別時，雖已千謝萬謝過，猶覺不夠，特於此提筆向妳及妳先生海諾書面道謝，以示鄭重。

在海邊，先生釣到一條Rock Fish，四條不大的Sting Ray都放回了大海。我除了在沙灘走走，眼盯腳下的貝殼外，就是看書，將妳送給我妳寫的兩本大作——《異鄉的微笑》與《保健、抗老、美容、快樂的四大秘訣》讀完。

從《異鄉的微笑》裡，知道妳曾住過新墨西哥州二十五年，擁有二十六英畝的家園，全家還親手一瓦一石地在泥沙裡砌造出「沙堡」。妳住此時，在沙漠呼嘯而過的風裡、漫天翻滾的黃沙裡，可惜我們插肩而過，無緣得識。妳過往的記憶——沙堡、巴基斯坦、人物——海密，動物——沙姬、空中的鷹、地上的滾動草……一直在我腦海裡盤旋迴繞。妳那中年異鄉人的歡樂、感慨、憤懣、悲哀、沉思、夢想也都成了我的記憶！

至於那本《保健、抗老、美容、快樂的四大秘訣》——食物營養、醫學知識、心理健康、運動美儀，鐵定成為我今後的座右銘。讓我打定主意，新年新計劃就是身體力行這四大秘訣。謝謝妳這麼好的分享！

踏遍沙灘，想撿個稀奇的貝殼送妳，可惜都是些普通常見的。我想這裡沙灘上的貝殼沒有一個能有妳櫃裡的珍稀漂亮。妳的貝殼與化石不只美在外形，後面相連蘊含的故事更是讓妳小心翼翼地將它們呵護收藏著。

我撿些粗礪的貝殼石，當它們是土坯，打造想像中的沙堡；一些貝殼分佈在土坯屋的左右後方，當它們是山；門前的海藻，當它是院中的花草；另一邊兩顆圓圓的貝殼，當它是《荊棘裡的南瓜》——妳當年以筆名荊棘寫的轟動文壇的成名作中的南瓜。別笑我，從沒見過你們家的沙堡，用這些沙灘上撿拾到的素材，也許全然不是那麼回事，不過我將想像力插上翅膀，任它在素材中飛翔。幻想中，還添上了妳書中描繪的池塘、魚、鴨、枸杞、核桃樹，也看見海諾與妳手牽手，在天邊瑰麗的雲彩下深情地漫步……

想像力穿越時空，回到現在。眼前湛藍的海水，讓我想起擁有同樣湛藍海水的聖地牙哥港灣，在妳那兒停留開會時的一幕幕又重現腦海。

此次到妳那兒開會，緣起於今春，妳創立了海外華文作協聖地牙哥分會，夏末我有幸加入成為會員。由於遠居新墨西哥州，未能每月迢迢前來參與讀書討論及大型文學講座。得知先生與我將駕車去Rocky Point，妳即熱誠相邀並安排將例行的會期挪前，便於我們有此機緣前來拜會，與會員們來個相見歡。

會中，見著平時電郵裡的名字，一躍為真人出現於眼前時，親切感油然而生。妳熱烈地為我一一介紹：

顧問馬平，《華人》雜誌的發行人，財政主持李晨晨，《華人新一代》的主編。這兩本雜誌內容豐富紮實、插圖生動、編排亮眼，這非得有文學與藝術底蘊才行，難怪刊物擁有這麼多的讀者。

王曉蘭，大會公關，氣質與風度高雅，擅長寫詩，其詩意蘊深遠。她曾請林兮老師將詩譜上曲，首首動聽。她不但能寫，還能辦大型文學講座活動，曾請過洛夫先生、白先勇先生演講，明年四月將請瘂弦來演講，足見其才幹。

杜丹莉，身材苗條勻稱，立時想起她發表於世界日報的〈我愛頌巴〉一文，寓運動於娛樂，文筆輕鬆流暢，很具說服力。想著能緊肚、縮臀、消蝴蝶袖，呵，我禁不住也想去學跳頌巴，讓肢體自由飛舞！

張學曾教授，曾任教於北京師範大學，精通多國語言，尤擅俄語。這令學什麼就忘什麼的我，十分汗顏。其夫人丁粟連老師曾在中學教數學，當過中學校長。兩人退休後來美，依舊想為大家盡分心力，張教授將為分會講析《紅樓夢》，真是名副其實的退而不休。他倆笑容和煦、和藹可親，坐在他們身旁如沐春風。

李克恭先生，晨晨的父親，擅書畫。自我介紹時，語氣謙虛平實，內容卻很吸引人。不久前，他寫的條幅《春曉》由洛杉磯中華藝術學會推薦寄往台北，參加台北的馬年新春書法展。遒勁有力的字跡中透出種灑脫不羈的味道，春眠的氣息就這麼隨著飽滿的墨汁一路迤邐瀰漫開來。希望日後有機會向他請益：是如何下功夫，方有此成就。

張象容，大會秘書，忙著要大家寫上姓名、地址、電話及電郵地址。瞧她做起事來有條不紊，發言時，不疾不徐，將想法清楚表達，句句實在，充分展現為人處事腳踏實地的風格。

另一對很有教養的夫婦，原來是台灣早期名作家小民的長子姜保健與長媳陳仰白，保健還是作家保真的哥哥。他們尚未加入，先抽空來與會，認識大家。非常歡迎日後他們能成為會員，讓分會更形茁壯。

有的會員與顧問未克出席，沒能見着他們甚覺遺憾，不過想想來日方長，他日必能相見，稍感釋懷。

於聯歡中，並訂下明年的會議日期與內容，除了文學講座，還有探討《紅樓夢》、莫言、賈平凹……等人的作品，聽了好興奮。

立立，如果不是妳熱心領導，貢獻心力於規劃發展，鼓舞大家產生一股向心凝聚力，這個會，不可能辦得如此有聲有色。以前在女作協的大會上，我們沒機會深談，這次近距離的接觸，方進一步瞭解妳是個遇事百折不撓、越挫越勇、愛讀書研究、更是熱愛與珍惜生命的人，令人萬分敬佩！得好好向妳學習。

值此年終歲末，敬祝　聖誕快樂！新年如意！

雲霞　二〇一三年十二月廿二日　寫於新墨西哥州

聖地牙哥作協會員

思親賦

可愛的老爸！

春、夏、秋、冬，四季公平輪替。在心裡，可總覺得春天輕移蓮步，姍姍來遲，而冬天卻是急匆匆，忽焉而至。偏偏一年的喜慶節日多半集中在歲暮冬寒。依慣例，我總於天寒地凍中，飛向多倫多，與親友們歡度年節。

先生、小兒子與我抵達後的第一件事：就是趕往長期護理中心探望年近九十的父親。數年前的開刀，曾讓他氣若游絲地遊走於生死邊緣，不過總算熬了過來。如今他骨瘦依舊，但說起話來，卻中氣十足。顯然，身體狀況進步很多，我懸著的心，不禁放了下來。

他雖仍不時抱怨：怎不讓他回家？不過好幾年前雙目失明，聽力又微，還得坐輪椅，不能獨力行走，經家人數度理性思考分析後，覺得還是讓他住在長期護理中心較合適。一來有護理人員輪班照料，二來醫生定期做檢查，三來餐飲又經過調配。看來此處均衡的營養與規律的生活讓他氣色好看多了。臉上曾縱橫交織的皺紋似亦舒展開來，沒那麼多的深曲溝壑了。

將裝著湯的保溫杯，推到他面前，讓他手觸摸著。他抗拒地說：「不吃，好飽呢！」我湊近他耳朵說：「爸！這是媽媽煨的土雞湯，很補哦！」「妳媽煮的，那我要吃！」將蓋子打開，香氣撲鼻而來，聞到熟悉的味道，他像個孩子似地喜形於色。不要人餵，用湯匙舀著，一小口、一小口，小心翼翼地喝著，沒漏灑一滴。喝完還意猶未盡地咂咂嘴告訴我：「好好喝，比這裡的伙食好吃多了，跟妳媽說，下次湯裡裝點肥肉來。」明知道吃肥肉不好，不過母親心疼他，果真，下次在燉爛了的蹄膀裡，挑了好幾坨帶肥的給他。

我將熱騰騰的毛巾敷在他臉上，洗了兩把熱水臉後，他心滿意足地直嚷嚷好舒服。此時，冬陽正透過窗戶照進來，在溫煦陽光的照射下，他愜意的臉龐更形滋潤。吃飽了得活動下筋骨，推著輪椅下至一樓較空曠的大廳。固定好輪椅，扶他站起來，小兒子撐住他的胳肢窩，讓他一手握住他的手，另一手摸著走道邊的木條扶手，練習一步一步慢慢走。勉強走完一個來回，不過二十來步，他已叫累，要休息。

坐下來後，陪他說說話，這可好！能有機會讓他擺擺龍門陣，他興致極為高昂。剛開始擺得還有譜，接著就天馬行空，時空錯亂地亂說一通。叮嚀我們過幾天就是母親滿百歲生日了，要給她擺酒祝壽。其實母親生日剛過，才八十四歲，還不到百歲呢！他又說他有神通，手指這麼一捏，就能把孫悟空揪出來，還說與孔子是同時代的人……

不能光聽，沒反應，我就順勢湊趣地問：「爸！那孔子穿什麼衣服呢？」他頓了頓，低著頭認真思索，突然抬起頭來，彷彿靈光乍現般懊惱地說：「我眼睛瞎了，看不見他穿什麼！」哇！沒想到他遊刃有餘地穿梭於現實世界與幻想領域間，一點兒也不含糊！讓我好生佩服！

向他告辭時，他拉起我的手親著。握緊他的手，我在他臉頰回親一口，並在耳邊大聲說：「好好休息，明天再來看您！」慣說四川話的他，居然冒出句英文，疊聲對我說：「Thank you! Thank you!」嚇我一跳，怎對女兒客氣起來？想必是天天對著護理人員說慣了。要不，就是他犯了迷糊。不行，我得考考他，弄明白。

「您知道我是誰嗎？」「當然知道，妳是霞兒嘛！」嗄！我這可愛的老爸！這會兒挺清醒地。嘻！以示歉意，我趕緊再親他一口。

生命竟是如此脆弱！

二〇一一年九月底，與先生飛赴多城，參加姊姊小女兒潤潤的婚禮。夜已深，沒想到高齡八十五的母親竟親自與弟弟一塊兒來機場接我們。乍見身子骨依舊硬朗的母親，好高興。到了我們這把年紀，有什麼比年邁的雙親猶健在更重要、更令人欣慰的？

第二天一早，我們即去長期護理中心探望父親。由於沒食慾，他吃得很少，人瘦得只剩皮包骨，不過精神挺好，說起話來，中氣依然十足。九十歲了，能這樣，已經很不錯了。也許是逐漸適應了環境，或許是知道已無望，他不再開口喊：「我要回家！」而母親卻依舊引以為憾地說：「妳父親眼睛瞎了，又不能行走，要不然早就接他回家了。」

這裡除了有護士照顧、醫生定期來檢查、公告欄上張貼著每日菜單與節目活動表外，還有復健師，幫忙做些簡單的運動——按摩、拉拉筋、活動腿骨等，設想十分周到。想著母親在大太陽底下，帶上父親喜歡喝的湯菜，搭乘公車，再轉換一條路線，才抵達父親處，夠辛苦的，而且瞧她腳步比以前緩慢許多。於是徵詢她意見，要不要也申請入住這裡？便於照顧父親，也省得她往返路上奔波，不過她卻回說寧願多走動，喜歡住自己家裡！

待熱熱鬧鬧地參加完婚禮後，我們將所有時間都用來看望父親、陪伴母親。看得出來，我們的陪伴一掃母親平日的寂寥，她笑逐顏開，還不時查看日曆，直感嘆時間過得太快。我們安慰她，反正還有兩個月，就會回來陪她過聖誕節了。她告訴我們今年農曆新年在陽曆一月份，較往年提前，她略為停頓了一下，滿臉渴盼地問我們，聖誕節回來可否一直待到過完農曆新年才回去？想到明年三月初，第一次將在我們新墨西哥州舉辦「全美亞裔年度傑出工程師頒獎典禮」，身為籌備委員，責任感驅使，我為難地搖搖頭，看她一臉的失望與落寞，心裡覺得愧疚萬分。

我們臨走前一天，母親清早起來，告訴我們她一夜沒睡好，肚子不舒服，想上廁所，又拉不出來，已有兩天沒上大號了，她說躺在沙發上休息一會兒就好了。煮好中飯，請她吃時，僅吃一點點。大媳婦趕過來看我們，知道婆婆脹氣，貼心地不斷將手心搓熱，來來回回數次，幫她按在肚子上，想緩解她的不適。晚上二兒子帶著全家來看我們，還去藥房買了便秘的藥，服用後未見有效。已經九點多，他們準備回家時，我忽然想到，若我們明日凌晨走了，母親脹痛還沒好怎麼辦？我斷然決定，趁老二在，一塊兒送母親去醫院急診，二媳婦則體貼地照顧著孩子先行回家。

掛好號，不到十點，坐在候診室乾等。雖知道醫院的急診是你急他不急，不過牆上的鐘，已從十一點到十二點，再到一點，母親雖有個病床可躺，肚子卻越來越痛，我們焦灼地不斷詢問護士：「究竟醫生幾點會來？」她說她也不知道。當得知偌大的醫院，那晚夜間急診就只有一個醫生在時，我們又氣又急，先生忍不住對護士高聲說：「你們的制度有病，需要醫治！」已經兩點，母親心疼上了一天班的老二，到現在都沒休息，要他回去睡。我跟老二說：「我們還有兩個多鐘頭就得趕赴機場，萬一醫生在我們走前都沒出現，你若走了，婆婆身邊沒個人招呼，你不能走！」婆婆想了想說：「去把潤潤找來，她還在婚假沒上班。」

當潤潤趕到，看見病床上面容憔悴的婆婆時，大哭，幾天前，在她的婚禮上，婆婆還十分雍容雅麗。「婆婆，妳怎麼會這樣？」母親一直像一座屹立不搖的山，堅強硬朗，是我們大家的支柱。她從沒住過醫院，不敢想像此刻她竟會躺在醫院的病床上。我真沒用，跟著潤潤一起哭。半夜三點，好不容易醫生來了，問了些問題，人又走了。四點，終於來人把母親推去照X光。臨進X光室前，我們跟母親道別，請她多保重。

急急忙忙趕回母親住處，拿了行李，趕搭早班飛機。一路上心懸著，回到家立即打電話給弟弟，知道大兒子及弟妹等所有家人全都趕來了。弟弟說X光片上，排泄物堵塞腸道，醫生給她通了便。此時母親已回家，吃了點稀飯，感覺稍微好了一點兒。翌日，與母親通話時，她說僅拉了點兒貓兒屎，還是不舒服。弟弟說星期一要帶母親去看熟悉的家庭醫生，結果他們是就近去看了無需預約走進即可看的診所。醫生說是胃腸型流感，也照了X光。待X光片結果出來，腸道依舊堵塞嚴重。於是，趕緊又送母親進醫院，掛急診，做電腦斷層掃描。專科醫生說有個瘤，需開刀取出，立即安排做開刀手術。

懷著忐忑的心，等待開刀結果。當晚老二及弟弟於電話中告訴我們不幸的消息，母親得了胰臟癌。醫生開刀取出大如腰子的堵塞物，至於瘤，醫生說癌細胞已大面積擴散，母親年事已高，怕她承受不了大手術，冒險動此手術，不如讓她好好活些日子，就把傷口縫合了起來。她已不能自行排便，給她開口裝了袋子。

放下電話，我淚如泉湧。明明知道人總歸會有這一天，可是我多麼捨不得她離開呀。她辛勞一輩子的畫面重新在眼前一一閃過，我打六、七歲懂事開始，即深深體會她的苦，告訴自己——今生不能讓她有一丁點兒的失望與難過。大專聯考，姊姊落榜，她陪姊姊一起哭，她的眼淚，讓我心痛得發誓要好好讀書，考上台大。她喜歡女孩子在銀行工作，我轉換跑道，進了銀行。我這一生是為她而活！曾幾何時，我的人生裡不再以她為唯一？哪怕她希望我聖誕節回來留到過完年才走，我都拒絕了，我是那麼殘忍地擊毀了她的願望。

自責，讓我的心撕肝裂肺地痛，眼淚不停地流。坐在電腦前流、站在梳妝鏡前流、坐在馬桶上流、躺在床上流。我恨不得立刻插翅飛到她跟前，弟弟告訴我他們決定暫時隱瞞真相，不讓母親擔憂。他還說：「妳要這時候回來，豈不露餡兒？媽媽還特別叮嚀我，叫妳別回來，不如把妳那邊該處理的事處理完後，回來停留長些，不要來來回回地跑。」

每個孩子都是她老人家一手拉拔大，都好愛她。大家排定輪班表，輪流到醫院陪她。姊姊兩頭跑，除了照看父親，現還加上看顧母親。誠如弟弟所建議，我決定處理完手邊的事，就趕去侍候她老人家這最後一程。原先以為極具韌性的母親，耐得住一切磨難，健朗的她能活百歲，沒想到生命竟是如此脆弱！

煙雨一程

得知母親罹癌後，夜裡睡睡醒醒，未曾安眠過。催促自己儘快處理完手邊事，以便早日飛去。臨行前一夜，整好行囊，已近午夜。人雖疲乏，倒頭卻未能一覺酣睡。

朦朧醒來，瞄一眼鬧鐘，才半夜三點多。由於心緒不寧，胡思亂想，無法再入睡。露著紅光的時針已指向「四」，索性起來。早點到機場也好，先生送完我後，回到家還可再睡個回籠覺。

車子踏著稀微月色、穿過迷濛晨霧，在高速公路上奔馳。抵達機場，拎下行李箱，抬眼望向先生。自從他退休後，我倆即同進共出，不曾單飛過，我已習慣出門有他相伴同行。雖說一俟小兒子學期結束，他倆即可趕過來，不過那也是個把月後。該有的叮嚀，早已囑過，僅輕輕一擁，彼此互道珍重，一切就盡在不言中吧！

城小，機場也小，不見大城的洶湧人潮。選個角落坐下，窗外天際漸泛霞光，跑道上已有工作人員開始忙碌。收回目光，見候機室裡的人三三兩兩，有的在看報，有的在上網，我攤開了書，靜待七點鐘登機。

飛機雖來了，廣播說由於機件故障，將延遲登機。這一等，幾近一小時，心裡很擔心趕不及在芝加哥轉機。到達時，芝城正下著雨，飛往多城的班機被取消，把我補上另一班飛機，卻得等三個小時。也好，卸下匆忙轉機的心情，選個靠窗的位子，我從容地吃了個午餐。

端杯熱茶，望向玻璃窗外霧濛濛的煙雨，想起了從前。也是這樣的天，我站在台南公園的湖邊，望著氤氳湖面，怔怔出神，心中漲滿「無邊細雨絲如愁」的意緒，任憑雨絲飄灑身上。母親在涼亭叫喚著：「還不快過來躲雨?!」我轉過身，向隔著雨簾那頭的母親說了句：「不！」就這麼痴傻地佇立雨中。母親沒有平日的堅持，也許她已意識到我的童年就在「為賦新詞強說愁」的雨中結束。

思念著母親，一樁樁、一件件的兒時記事不停地在腦海裡打轉兒。隨著展開的記憶，母親的臉也逐漸由年輕變年老，我什麼都想，就是不願去想她老人家人生的最後旅程。

瞧過道上的旅客們，形色匆匆，忙著趕搭下一班飛機。這讓我聯想到——人從出生，不就如此?趕過一站又一站。不管日後大家的旅程為何，終點站卻都是一樣的。如同那煙雨，幻化萬千，終究還是歸於塵土！

飛機穿過煙雨，抵達了多城。往返無數次，以前的歡欣皆被此次無情的癌症擊散。當母親開門時，數星期前她在潤潤婚禮上的雍容圓潤已不見，取而代之的是憔悴。不敢相信，原來比我重十六、七磅的她，不到一個月，竟會比我瘦！

叫聲「媽！」心痛得淚水盈睫，那漫天「煙雨」，剎那間將母親的身影變得模模糊糊。

「煙雨」終會歸於塵土，隔開了我們，母親在那頭，而我卻在這頭……

葬禮

母親慟於二〇一二年二月一日凌晨零時四十分病逝於多倫多士嘉堡醫院，從發現罹患胰臟癌至逝世整整三個半月。

是意外，原以為至少能有六個月，沒料到癌細胞惡化得這麼快；也不是意外，因知道總歸會有這麼一天。可是當這一天來臨時，心中的痛如萬箭穿心，是那樣地不願與不捨。強忍住淚，趕緊為老人家誦念佛號。母親走時仿若睡夢中，化療時曾有過的發燒、疼痛、噁心、嘔吐等不適皆隨風而去，狀至安詳，令人稍感安慰。

多虧母親於生前將身後事安排好，一切喪葬事宜才能順利與快速地進行。經家人商量後，本著入土為安的傳統觀念與合計全家人都能到齊的日子，與松崗墓園聯繫，選訂於二月六日舉行葬禮。姊姊是慈濟多倫多支會志工，蒙慈濟師兄姊們幫忙，於短短幾天內，極慎重且高效率地籌備好告別式。

是日，雖是寒冬，卻陽光普照，氣溫回升。告別式十點開始，我們八點半即到。當踏入墓園的一剎那，觸景傷情，十幾年前與母親來此挑選墓地，三年前再來挑選棺木、棺座、石碑樣式等情景仍歷歷在目，怎麼她老人家就真的離我們而去了呢？她當時跟我說話的神情我還記得一清二楚啊！躲進洗手間，任淚水奔流，待擦乾後，才平靜地走出來。

按慈濟師兄姊教導，於供桌上準備了香燭鮮花水果，還備上她喜歡吃的四碟素菜與一碗白飯。靈柩停放於大廳前方正中，棺後懸掛的黃布上書有證嚴法師的「華開見佛」四個大字，左右兩邊擺放數架直立式鮮花，靈堂佈置溫馨典雅，氣氛莊嚴肅穆。

等待儀式開始期間，高懸兩邊的大屏幕上播放母親生前的生活照。從年輕到年老，從小家庭到兒孫繞膝，再至假日時的四代歡聚一堂。隨著一張張照片，我們回憶起過往點點滴滴有母親慈暉照耀的幸福時光，悲傷中，一股暖流緩緩漫過心田。

慈濟多倫多人文學校的林來亮校長親自為告別式擔任司儀，宣佈告別式開始：

一、家祭：

弟弟是長子，由他主祭。姊姊、我、長媳、女婿就位。

1、佛前上香，向佛菩薩行三頂禮。

2、向母親上香，向母親行三跪拜禮。

虔敬地向母親跪拜時，心想即使長跪不起，也無法報答母親昊天罔極的恩情於萬一。我們回座。接著由孝孫、孝孫女、孝外孫、孝外孫媳、孝外孫女、孝外孫婿、外曾孫、外曾孫女到母親靈前祭拜，儀式與我們同。

慈濟志工進場，向佛菩薩及母親行三問訊禮，由慈濟多倫多支會負責人袁萬福師兄帶領誦念佛號，親人加入一起誦念，約十五分鐘。然後誦回向偈，他們再向佛菩薩及母親行三問訊禮後，歸座。

二、開場白：

司儀說：「……雖然每個人的心情都極為不捨，但是人的一生就像旅行，依循自然法則，老夫人已經圓滿了這一趟旅程的緣分，揮別了紅塵，遠離了病痛，讓我們以最虔誠的心意，祝福老夫人往生極樂淨土。」

三、生平介紹：

從小就與母親很親，姊姊委我以重任，講述母親生平。我從母親當小女孩時說起，直至過世。思及她的吃苦、耐勞、堅忍、寬容、大度、細心、體貼、勤儉……諸多美德及為我們永無休止的付出，我數度哽咽，終至泣不成聲。

四、跪羊圖：

獻給母親一首孺慕情懷的慈濟歌選——跪羊圖，表達子孫們對母親的懷恩之情。

五、感恩與祝福：

姊姊小女兒潤潤、弟弟的女兒萱萱及姊姊依序上前，以感恩的心，將昔日的親情、溫馨與今日的懷念，化作一串串溫言暖語，給母親最衷心的祝福。

慈濟的袁師兄代表致詞：「老人家的慈悲與智慧，將永遠留在每個人的心田裡。」

六、往生的祝福：

期望老人家「德被十方善緣廣，愛傳千里福田寬。」

我們全體起立，唱誦〈極樂淨土〉與〈往生的祝福〉。
祝福敬愛的母親一路好走，往生佛國淨土，乘願再來。

七、家屬答謝：
由於遵照母親遺願，沒驚動其他親友，純屬家祭。因此弟弟代表家屬僅向慈濟多倫多支會致謝，感謝他們給母親安排如此隆重周全的喪禮。

八、公祭開始：
家屬出列，由袁師兄主祭，向母親行三問訊禮。家屬回禮。

九、禮成：
感恩所有來參加追思會的人，現進行移靈。大家移步到會場外，恭送母親最後一程。

十、移靈：
弟弟手持著香及捧著母親遺照在前，我家三個兒子，弟弟兒子與姊姊的小女兒及女婿共六人抬著靈柩放進靈車，然後眾人駕車，隨著靈車前往墓園內的墓地。

在墓園工作人員的指導下，將靈柩抬下車，移放棺槨內。每個人再一一向前，將手中的白玫瑰，置放棺木上，向母親告別。我輕聲跟母親說：「親愛的媽媽，您辛勞了一輩子，現放下對我們的牽掛，好好安息吧！」

空曠的墓園裡，冬日的風，吹得獵獵作響，加深了我心中的哀戚。臨走時，拖著沉重的腳步，數度回首凝望，唉！真教人萬般無奈，不管再怎麼依戀不捨，終究還是得離開啊……

慟

母親逝世已整整三個月，心依然好痛！尤其是過第一個失去母親的母親節時。

那晚，齧心的思念與痛，讓我崩潰。我忍不住撕心裂肺地嚎啕大哭，家中沒有別人，僅先生在旁，我放肆地大聲呼喚著母親。「媽媽，您究竟去了哪裡？我要您回來！」先生深深瞭解我們母女情深，僅默默地陪立一旁，拉著我的手、輕撫我背，任我呼天搶地哭個夠。

過去的一幕幕，不由自主地，又重回到眼前。

葬禮上，抬放她老人家的棺木緩緩落於坑內，最後棺座的蓋子覆上時，我整個人空了。不願相信，從此我們陰陽兩隔。再也看不見她，摸不著她，即使是上窮碧落下黃泉，也無從將她找回來了。更不能像往常一樣，對坐著，閒話家常。老天！我們還有好多話沒說完呢！

去年十月中旬，母親腹痛難忍，兩次進出醫院，開刀取出腸中堵塞物，裝了人工肛門袋子。經過數度檢查，醫生宣佈她罹患了胰臟癌。當得知此消息時，如五雷轟頂，我急急搭飛機趕往多城照顧她。

見到母親時，我嚇一大跳，平日豐潤的神采已不見，瘦了一圈的臉龐略顯灰暗，不過精神還不錯。她跟我抱怨，很不習慣這人工肛門袋子。果真，半夜，它漏了，排泄物弄髒了衣褲，我手忙腳亂地試著按說明書，一步步地將新袋子換好，也給她換了乾淨衣褲，順手將髒衣褲，搓洗晾好。她一向自己動手慣了，很不好意思地在一旁說：「就泡著，明天我來洗。」母親愛乾淨，我馬上洗好，房間就不會有異味。「媽，我洗有什麼關係？我們哪個孩子不是您一泡尿、一把屎帶大的？」

醫生基於各種考量，提出醫療方式僅能採取化療，也許可減緩癌細胞的擴散。我們怕化療帶來不適，而母親卻為了多爭取一點能與兒孫們相聚的時光，勇敢地跟醫生說她願意接受化療。

這段期間，我得時時盯緊她，因她做慣了家事，我一不注意，她就會溜進廚房拿刀切菜。我曾嚇得告訴她，什麼都不能動，萬一不小心，劃破皮膚，血流不止，可不得了！她無奈地回我：「什麼都不能做，那豈不成廢人了？」

這輩子，母親為家奉獻全部心力，總是無微不至地侍候一家老小。現倒過來，我煮她愛吃的，幫她剪腳指甲，應她要求掏耳朵、剪頭髮。從沒剪過的我，試剪完，拿鏡子給她看時，她居然很滿意我的習作。漸漸地，不再偷著自己動手，也許她已習慣，也許已力不從心了。

怕來日無多，我試著記住母親的一切。要母親打從她小時候說起，她很開心地回憶從前。談她的父母、兄弟姊妹（全在大陸，且多半已過世）；談她在台南公園的快樂時光；還談她當年與父親是怎麼認識的……

提起父親，想著他不幸於幾年前眼盲，加上生病開刀，原本就瘦弱的他，喪失行走能力，醫生與醫院社工評估，將他直接送進老人長期護理中心。母親每星期煮上他愛喝的湯去看望他，生病後，未能再去。怕父親擔心，我們瞞住母親罹癌之事，僅告知他母親生病了，暫時不能去看他。

母親做第二次化療時，經常發燒、嘔吐，大家商量後斷然停止化療。過幾天，她突感不適，送醫院急診，醫生留下她住院。經檢查，發現癌細胞已蔓延至肝、腸、脾臟，一星期後轉往安寧病房。

我們做子女的，突然醒悟，原先只想到母親病了，不能去看父親，而父親反正失明也看不見母親，但我們沒想到可以申請他出來，讓母親看一眼啊！於是趕緊去申請，誰知長期護理中心有人患病，怕傳染給他人，嚴禁任何人出入。

母親慟於二月一日凌晨，息了塵世勞苦，於睡夢中過世。未能讓她老人家見父親最後一面，這成了我們子女心中永遠的遺憾與哀慟！

母親棺木

母親走後

搭機飛往多城，去墓園看看別後的母親，這一年來對她老人家的思念未曾停歇過。車子駛進松崗墓園，蔚藍的天、翠拔的松、方沉的墓碑，周遭景色依舊，寂靜也依舊，可是此刻心卻似波濤般地洶湧著。

十幾年前陪母親初踏入墓園挑選墓地，四年前再度來此預選棺槨、墓碑及訂喪葬事宜，不願勞煩我們的母親，先自籌辦好身後事。去年初，好端端的母親突罹患胰臟癌，沒料到短短三個半月就辭世，長眠於此。觸景傷情，葬禮時的種種，一幕幕又在腦海重現。

已近四月天，墓前仍有積雪。我在雪地上，向母親行跪拜禮致敬，於心底默默訴說別後綿綿無盡的思念。「……不思量，自難忘……料得年年腸斷處，明月夜，短松崗。」蘇軾的悼亡詞不時浮上心頭。眠淺的我，經常半夜醒來，就無法再入睡。母親走後已一年多，心怎麼還是那麼痛？常常得提醒自己，快別深想下去，以免情緒崩潰。

端起飯碗，想起以前去探望母親時，她燒了我愛吃的菜，直叫我多吃點兒的殷盼眼神，淚滴在碗裡；看見床上的被套，用手輕撫它雅致的花色，母親的愛暖暖地在心中流淌。記得那年去探望母親，一眼瞧見她自台灣買回，鋪在我床上的這床被套，讚聲好漂亮。走時她就要我帶回去，我婉拒沒收，留下她自用吧。誰知待我一走，母親卻將它洗淨收好，沒捨得再拿出來，就專等我去時用。母親走後，收拾遺物，特將這床被套及幾件她的衣服帶了回來。穿著她的衣服，貼身感受母親生前的潤澤。

母親愛我，疼我，只因我是她貼心的小棉襖；而我，回報她為這個家辛勞地付出，努力向上，取悅於她，這輩子彷彿只是為她而活。不知是累積幾世的緣分，母女倆情深如此！

離開墓園，車直接開往長期護理中心探視父親。母親過世，沒敢告訴他這噩耗。姊姊幾乎每天就近去照看他，當他問起母親，總告訴他：「生病了，不能來看您。」每次得到同樣的答案，他終於不再問，姊姊鬆了口氣。隔了好一陣子，他突然又問起，當姊姊回說母親病了時，他大聲說：「騙人！我知道她走了，兩個星期前，你們還參加了她的葬禮！」父親於好幾年前因眼睛瞎了，分不清晝夜，加上老化，已無時間觀念，葬禮豈是兩星期前？姊姊望著唏噓的父親沒敢搭腔。

從此，父親不再詢問。有一天，他對姊姊說：「妳母親是女中豪傑，已升天當菩薩了，你們早晚要謝謝她對你們的保佑。」

其實自母親走後，我在案桌上，供了清水、鮮花及水果，每天清晨對著她的遺像上香禮敬。周年忌日那天，還備辦了幾樣她喜歡的素菜花果祭拜，祝禱她永居佛國極樂淨土。

我知道母親生前最喜歡全家人歡欣熱鬧地聚在一起，返美前，邀請多城親人於餐館分坐兩桌共聚。席間，雖缺了母親，但我相信她就在我們身旁，含笑看著我們歡聚一堂，她一定甚感安慰——她雖不在了，我們依然保持著家的凝聚力！

一封無法投遞的信

——寫給父親

親愛的爸爸：

上次給您寫信，已是卅幾年前。那時剛到國外，打電話貴，就寫信向您及母親請安並報導近況，以慰親心。後來您二位為了與兒女團聚，連根拔起，也移居國外，自此我就失去給您寫信的機會了。

沒想到再次提筆，竟是於您走後！

爸爸，您慟於二〇一三年四月二十八日晚上九點十分過世。當噩耗傳來，對著電話中的姊姊我大聲哭喊：「爸爸，怎不等等我？就差一天半，我就趕到了呀！」沒能及時送您老人家最後一程，這份難過實在揪心。尤其當姊姊告訴我，在醫院時，有探望的人來，雙眼失明、聽力微弱的您都循聲問道：「是霞兒嗎？」這使我更加追悔愧疚莫名。

清明時，才飛去多倫多掃母親墓並至長期護理中心探望您，怎麼不及一個月您就走了?!姊姊說，您過世前幾天毫無食慾，不吃不喝，人很衰弱，被送至醫院。可是經驗血驗尿等一系列檢查，醫生說您沒病，尤其吊掛點滴後臉色滋潤起來，看來無恙，於是被送回了長期護理中心。這裡雖有護理人員，但不是正規醫院，沒點滴可注射。姊姊不放心，一直守候在您身邊，寸步不離。五、六個鐘頭後，弟弟女兒萱萱來看您，姊姊才趁機去上洗手間，沒想到就在她離開的短短五分鐘內，您溘然長逝。

姊姊邊哭邊安慰我說：「妳別難過，我天天就近照顧爸，都沒能送到終！」我知道姊姊的遺憾與傷痛比我更深。姊姊朋友說您是不願姊姊為您的離去當場痛哭，所以選擇她不在時，悄悄地走了。

姊姊小女兒潤潤連夜用電腦製作出您生前的生活照，於葬禮上，我們得以看到您從年輕到年老，伴著兒孫成長的一生。這些畫面的播放，讓我落入與您共同生活的美好回憶裡，傷感中透著溫馨。

比照去年母親葬禮的方式，依舊純係家祭，沒邀其他親友參加。一眾家人依序跪拜如儀，然後大家輪流說出對您的感念。輪到我時，憶及過往的點點滴滴，胸中思潮澎湃。

小時候，好喜歡您抱我入懷，用雙手圈住我的安全感覺。尤其是冬日，從外面玩完回來，臉、手凍得紅通通的，您總是把我冰冷的小手放進您溫暖厚實的雙掌中揉搓。

當您喝著金門高粱，品嚐著母親為您做的幾碟下酒菜，我總愛守在您跟前，看您吃得有滋有味，瞇著眼、啜著酒，享受屬於您的美好時刻。而我眼睛睜得大大的，視線落在菜盤裡，瞧我的饞樣，您會夾條小魚乾、幾粒花生米給我，甚至背著母親給我抿口酒喝。入喉的嗆辣味，沒嚇退我。說不定，我的酒量就是那時一點一滴您給訓練出來的。

與姊姊一起參加金門戰鬥營，我們都這麼大了，可是您非要親自送我們到高雄上軍艦。從金門回來，將當地記者採訪姊姊與我的剪報送給您。沒想到日後我搬到美國，您來訪時，將此泛黃的剪報從皮夾裡掏出，送給我做紀念。天啊，您竟將它寶愛地貼身收藏了幾十年！

娓娓道來，那些個細微轉折處，豈是言語所能表達得盡？當言及搬至美國後，未能晨昏定省，盡為人子女應盡的責任時，心中愧極。全賴姊姊不管風霜雨雪，都去長期護理中心照看了您後才安心回家，姊姊的孝心蒼天可鑒。相信是因為有她的貼心照顧，您才走得這麼安詳。

說著說著，我淚水盈眶。走到姊姊座位前，牽起她的手走出來，然後轉身朝她撲通跪下，「姊啊，感謝妳代我們盡孝，請受我一拜。」她吃驚地說聲：「承受不起！」趕緊也跪下回拜，視線模糊中，瞧見姊姊的淚水亦簌簌流下。

慧慧於太公的棺木上放朵玫瑰

墓碑上雙親年輕時的合影

家祭結束後，移靈柩至墓地。每個人在棺木上放朵玫瑰，向您致意告別。凝視墓碑頂上鑲嵌您與母親的合照，在心底我輕聲說：「爸！您不是好想媽媽？在護理中心，老問『妳媽呢？』她現就在您身邊，您倆從此都不再孤單寂寞了。」

五月裡的松崗墓園，風和日麗。天好藍，樹好綠，黃色的蒲公英開滿一地，四周靜悄悄地，一片靜寂美好。我深信您與母親的魂靈重聚後，歲月也會是如此靜寂美好！

爸，容我最後再喚您一聲，再說聲：「爸，我好愛您！」

敬祝您永居佛國淨土！

霞兒　叩拜

二〇一三年六月廿八日

海天頌

擎天一柱

——魔鬼塔

二〇一〇年六月底，從所住的新墨西哥州，駕車西行再北上，經科羅拉多州，到猶他州的鹽湖城住了一晚。第二天，經愛達荷州來到懷俄明州，留宿於Jackson Hole小鎮。次日清晨，再朝此行重點——黃石國家公園（Yellowstone National Park）進發，途經大提頓國家公園（Grand Teton National Park），略作停留，拍下震懾人心的湖光山色後，繼續前行，終抵達嚮往已久的黃石國家公園。

魔鬼塔

於公園內，停駐五天四夜，飽覽大自然美景、地熱谷內間歇噴出的熱泉水與野生動物後，我們依依不捨地離開，車行於海拔一萬呎高山上的二一二號熊牙景觀公路（Beartooth Scenic Byway）。先生提及這條公路曾被前CBS通訊記者Charles Kuralt譽為全國最美麗的公路，實名不虛傳，讓我們驚嘆連連。

多次在路肩停車，將蔚藍蒼穹下，皚皚白雪覆蓋的連綿高山、盤旋的公路、翠綠的湖泊與田野一一攝進相機裡。才心滿意足地開往魔鬼塔國家遺跡公園（Devils Tower National Monument），後續至南達科他州的Mount Rushmore，參訪巍峨的總統巨石，然後打道回府。大繞一圈，歷時十天，雖累，但一路上的景色實美不勝收。踩過八千里路雲和月，到家後高呼一聲：「值！」

回憶這一路上的行程多半在懷俄明州境內。這一州真是得天獨厚，竟涵蓋了三個聞名於世的國家公園——黃石公園、大提頓公園與魔鬼塔遺跡公園！它面積約九萬七千八百平方英里，是台灣的七倍大，排名全美第十。人口據二〇〇九年的統計是五十四萬四千，居全美第五十。人口密度居第四十九，僅高於排名第五十的阿拉斯加州，可見其地廣人稀。它於一八九〇年成為美國第四十四州，被暱稱為平權之州（Equality State），州政府所在地是此州的最大城市夏延（Cheyenne）。州內最高點為甘尼特峰（Gannett Peak），海拔一萬三千八百英尺，最低點為貝爾富什河（Belle Fourche River），亦有三千一百英尺。

以國家公園而言，懷俄明州搶了兩個第一。黃石公園於一八七二年成為最早的國家公園，而魔鬼塔遺跡公園亦於一九〇六年由羅斯福總統（President Theodore Roosevelt），通過引用「古跡保存法案」（Antiquities Act），頒布行政命令把魔鬼塔列為全國第一座國家遺跡公園。後者名聲雖沒有前者響亮，卻給我留下極深刻的印象。

懷俄明州以平原丘陵地形為主，在一片平原中，火山岩柱地形的魔鬼塔拔地而起，如擎天一柱，氣勢磅礴，雄偉壯觀。它高達八百六十五英尺，基座直徑為一千英尺，頂端直徑為兩百七十五英尺，整座塔由赭黃色岩石構成。它是歷經億年以上的時間，經過沈積、地層變動、岩漿推擠等過程逐漸形成。這末經爆發的火山溶岩，從地底流出後逐漸冷卻並龜裂成五角或六角形的柱狀節理，形成線條相當奇特的火漿岩柱。

魔鬼塔是美國陸軍上校理察道奇（Col. Richard Irving Dodge）率領探險隊於一八七五年發現的。由於翻譯上的一個誤會，而把這座山叫成「魔鬼塔」。在他們來到之前，已是美國多支原住民部族崇拜的神聖之石。印地安傳說中，魔鬼塔是「熊的居所」，美國印地安族中，包括阿拉巴荷（Arapaho）族、夏延（Cheyenne）族、克勞（Crow）族、奇奧瓦（Kiowa）族及蘇（Sioux）族，都流傳著和魔鬼塔相關的神話，這些神話的內容各不相同，不過大抵是圍繞著魔鬼塔上有如被熊爪扒過的痕跡發展。

相傳很久以前，七位漂亮的蘇族少女在山野採花，遇上了兇猛的大灰熊，危險關頭時得到神靈庇佑，讓她們腳下的土地突然升高。大灰熊無計可施，忿怒中在石上亂抓，留下了深深的爪痕。後來女孩在岩石頂上，成為星星，也就是著名的北斗七星。故事輾轉流傳，這一座山也從此成為當地多個印地安部落神聖不可侵犯之地。

印地安的傳說，強化了魔鬼塔的魅力，吸引著世界各地的遊客。每年約有四、五十萬人來此造訪，有的人來觀賞它獨特的造型、偉岸的雄姿；有的卻是來挑戰這裡的高難度攀岩。這攀岩活動早從一八九三年就已開始，到現在，幾乎每年都有超過五千人次特地前來攀岩，因此相關的攀岩路徑也已多達兩百多條。

由於山頂氣候多變，為了保護遊客，攀登魔鬼塔限制當日往返，不可留在山頂過夜。冬季時岩頂積雪，因此春夏是較多人攀登的季節。在山腳下，我抬頭仰望，攀岩者只是一個小點，看不真切，我拿起望遠鏡細瞧，這才看清楚攀岩者一個一個吊在上頭，頗為驚險刺激。這裡攀岩的特點是利用岩石上的裂縫，也就是說，把你的手、腳或者有時候是整個身軀擠到石壁裏，然後沿著裂縫往上爬。只要手腳的位置放得對，那一塊石頭會把你扣住，而不是你去緊抓它。

岩周邊有六條一到三公里不等的登山步道，不是來攀岩的遊客，可任選一條走走。不過因為年代久遠，目前正遭受風化侵襲，基座底下處處可見風化後掉落的岩塊。行時，需注意安全。我們相信生死有命，也許不會那麼「好彩」，巧被落下的岩塊兒擊中。既來之，則安之，於是隨著眾遊客，繞著魔鬼塔走上一圈。

這裡的步道居然鋪上了柏油，甚為平整，比我們新墨西哥州的步道好走得多，何況四周高聳入雲的松林遍佈，遮住驕陽的直射。走累了，就坐在樹蔭下的木椅上歇息一會兒，不時能瞧見可愛的松鼠睜著滴溜溜的圓眼在樹枝上攀爬，還可享受徐徐清風傳送過來的陣陣松香。

旅遊中心的解說員告訴我們：「德里斯基爾（Driskill）家族是這裡最早的移民，目前的奧德根（Odgen）是這個來自德州牧牛家族的第五代繼承人。內戰期間，他們家賣牛給交戰的南北兩軍，賺了不少錢。戰後，經濟起飛，德州人口不斷增加。他的祖先看準了機會，從老家把牛群趕到肯薩斯州，奧克拉荷馬州和科羅拉多州去賣。到一八七〇年代，才來到懷俄明州，定居下來。物換星移，牛仔在馬背上的時間已愈來愈少，收入曾經可以媲美鐵路和石油開採的牧牛業日漸沒落。順應環境的變遷，旅館業和攀岩生意，應運而生。」我們來時，曾在路邊看到過當年從德州一路趕牛群過來刻著Texas Trail的石碑。

當然，解說員最津津樂道的莫過於金像獎大導演史蒂芬斯匹柏（Steven Spielberg）選上了這個既神祕又獨特的地方，作為他科幻電影《第三類接觸》外星人登陸地球的拍攝場地！一九七七年此電影發行時曾引起轟動，大家都想來看看這個地方，到底是不是有外星人降落過？旅遊業因此而蓬勃發展。

走出旅遊中心，忽然想起心中曾有的疑問：為什麼此地不稱國家公園（National Park），而稱國家遺跡公園（National Monument）？入園處，豎起的木牌上明明有著與國家公園相同的標誌。英文一字之差，究竟有何不同？於是我折返請教。

原來它是以成立的過程來劃分：國家公園這個等級需要國會通過，但國家遺跡公園則是總統說了算，不需國會同意。之所以賦予總統這個權力，是因為國家公園在國會的通過需時較長，而由總統來行使這個權力，那麼該保護的地方即刻能受到保護，因此也有人將National Monument譯為國家保護區。

以規模來說，國家公園保護的範疇通常較大，除了某幾個重要景觀外，還將跟這景觀相關的周邊環境一起保護，而國家遺跡公園通常只保護這單一的景觀，一般範圍較小。

感謝解說，讓我霍然明白這兩個不同名稱的區別所在，頓感釋疑後的鬆快。

車子緩緩開離，距園口不遠處，一大片平疇綠野，許多人下車拍照，原來是草原土撥鼠（Prairie dogs），正此起彼落地發出「犬聲」。有的從洞裡伸出頭，不放心地向四周探頭探腦；有的靠後兩腳撐立，前兩腳拳起，好似在向遊客打恭作揖，可愛極了。這片廣袤的草地，無疑，是牠們的天堂。

駛離園口，朝下一個目的地——「總統巨石」前進。魔鬼塔雄偉之姿越來越小，彎上高速公路，它徹底在眼前消失，不過它一柱擎天的壯觀模樣卻堅如磐石般，永矗立於心底。

古崖居

班德利爾國家遺跡公園

剛搬到新墨西哥州的阿布奎基市（Albuquerque）時，入眼乾枯的黃土地貌，迥異於原居地——水草豐美，綠蔭滿天的多倫多，我極不適應。於是，先生一有空，就開車帶著我，去認識這城市，希望我能有所轉變。

當一次又一次地走近它，試著敞開心胸，去接納它、融入它時，我發現我已不知不覺地愛上了它：愛它湛藍的天、遼闊的大地、樸素的風貌、濃濃的藝術氣息、豐厚的歷史文化、一處又一處印地安人的廢墟遺址……我尤其喜歡站在一片斷垣殘壁間，極目望向空曠的四野，彷彿穿越時空，走進了古代印地安人的生活中。

班德利爾　首次發現

在這麼多的廢墟中，我對班德利爾國家遺跡公園（Bandelier National Monument）情有獨鍾。這座公園用安道夫・班德利爾（Adolph Bandelier）的姓來命名，以資紀念他對此處的貢獻。出生於瑞士，成長於伊利諾州的安道夫，是人類歷史學家。一八八〇年，四十歲的他得到美國考古協會的一筆資助金，來到新墨西哥州。他從聖塔菲出發，歷時十八個月，走訪了一百六十六座廢墟遺址。當他來到弗瑞合列士峽谷（Frijoles Canyon），看見高聳的崖壁上，佈滿了像蜂巢似的洞穴，崖下一長排瀕於崩塌的住宅，他十分震懾，稱此地為「我所見過的最為壯觀的景象」！

一百多萬年前，距此西北約十四哩處的赫麼茲（Jemez）火山兩次爆發，岩漿覆蓋四百平方英里之遙，其威力是一九八〇年華盛頓州聖海倫斯（Mount St.Helens）火山爆發的六百倍。岩漿奔流擠壓，造成了壯觀的峽谷。經歲月侵蝕，崖壁的凝灰岩有了蜂巢似的洞穴，面對這大自然的鬼斧神工，難怪安道夫會驚嘆！

他以奉獻生命的熱忱，在此地開疆拓荒，於一八九〇年將早於西班牙統治時期的印地安人的部落（Pueblo）生活及文化，出版成書——「The Delight Makers」，給後世研究當代「西南考古學」奠定了基礎。一八九二年他轉往祕魯、玻利維亞等地，繼續研究，惜於一九一四年死於西班牙。

另一位傑出的西南考古學家——Dr. Edgar Lee Hewett，有鑒於保護此地的重要，幾經努力奔走，終於一九一六年獲威爾遜總統簽字通過，佔地三萬三千七百廿七畝的班德利爾國家遺跡公園（Bandelier National Monument）正式成立。

修繕擴建　設備完善

從阿布奎基市的廿五號州際公路北上，於二四二號出口轉五五〇號公路西行，再轉四號公路北行，駛約近兩小時，即可抵達。由於日益增加的遊客量，近八十年前所建的遊客中心已不敷使用，於是花了一年時間重新修繕擴建，設備益趨完善，於二〇一〇年八月廿五日隆重開幕。內有更新展覽物品的博物館，販售書籍及紀念品間、小吃部、大銀幕放映室，其中播放的此園介紹，所播片子卻是花了五年時間，細觀園內動、植物四季生態等等，方攝製完成。

到此，先花一元買本導覽小冊子，裡面附有步道的簡圖及解說。主要的環形步道，總長一又四分之一英里，走完約需一小時。如續前往Alcove House（專用做祭祀儀式處），來回一英里，因需爬一百四十英尺長的四個木梯及石階，約需再花一小時。每個遊客可估量自己的時間與體力，再做走短或走長的決定。行走時，可將步道旁標示的號碼與導覽本上的號碼相對照，有助於瞭解地形及此景觀當年的用途。

印地安人　逐水定居

回溯至一萬多年前，就有一群遊徙的印地安獵人為追逐動物經常出沒於此，直至西元一一五〇年，才開始定居下來。這裡有條溪流（Frijoles Creek），西班牙語意為豆溪，終年水流潺潺，可供飲水、炊煮、種植，還有各種不同的野生動物。他們由早先遊徙時編織便於攜帶的籃子時期，到定居後，發展出製作較重穩的陶器時期。

十二、十三世紀，新墨西哥查科峽谷（Chaco Canyon）和科羅拉多維爾德台地（Mesa Verde）的古代部落人（Ancestral Pueblo people）由於大乾旱，遺棄原地，先後遷居於此。

用梯子進洞穴

他們鑿坑住於地下，稱為坑屋（Pit House），屋頂有六根木柱支撐，地面開個洞口，置木梯可下去。後來他們改住地上，用泥土混著木與石頭烘成的磚坯建成Adobe房子，但是地下坑屋仍做宗教祭祀儀式（與神靈溝通）、重大決定及傳遞知識用，稱為「Kiva」。在環形步道上，第一個見到的就是一個大Kiva的遺跡。

顛峰時期五百多人

下一個見到的就是Tyuonyi，此字意為「聚會場所」。看著導覽圖上畫出當年村落的場景，女人們忙著炊煮、磨玉米、飼養火雞；小孩四處嬉戲；男人們則忙著打獵、紡織、打磨工具、建造新屋……到處洋溢著歡聲笑語。

在這「聚會場所」所建房屋最高的有三層，房間有數百間，顛峰時期，人數高達五百多人。他們的平均壽命為卅五歲，女人身高約為五呎，男人約為五呎六吋，也許是困苦的生活，加上醫療不發達，早早磨蝕了他們的生命。

接下來的步道靠近凝灰岩壁，壁前的房子，只剩地面磚塊遺跡及壁上偶而幾處刻有物像（Petroglyph）的圖，如火雞、狗、閃電，有些則看不出來畫的是什麼。那許多洞洞，擺放有梯子的，方容人爬上去一探究竟。想來居高於此，既可避野獸襲擊，又可避風雨，還能遠眺美景，真是個好地方！不過至西元一六〇〇年，他們又搬離了此處。

走完環形步道，可左轉返回遊客中心，或右轉前往Alcove House。我邊走邊想：曾居此四百五十年的印地安人，四百來年前他們為什麼要離開一手辛苦打造的家園？是賴以為生的資源用盡？供打獵的動物不見？乾旱天災讓庫存的糧食告罄？可以確定的是這重大的變化，讓他們無奈地再度遷徙，遷向東南邊的格蘭德河（Rio Grande）旁，後世子孫得以在新地方繼續生生不息地繁衍下去。儘管後世子孫的生活已經現代化了，可是他們沒忘記他們的根，經常回去，探訪祖靈，感受先祖們的存在。

常來「班德利爾遺跡公園」的我，走在兩邊有高大松樹的步道上，松風陣陣，彷彿吹送來祖靈們的切切私語。啊！歲歲年年，他們不捨離去，靈魂依舊在這片愛戀的廢墟中流連徘徊。滿懷著敬意，與他們心連著心，我行行復行行，似將自己亦走成了印地安人！

新墨西哥藝術綠洲
——聖塔菲藝術博覽會直擊

聖塔菲這座位於新墨西哥的迷人城市，除了有土坯式建築，色彩繽紛的路邊市集、不計其數的畫廊與美術館，每年更有重要的藝術盛會，二〇一一年有近三十家畫廊參與（多數來自美國）。這個活動，讓我們在聖塔菲不但可體驗豐富多元的文化組合，更能親近領略當代藝術之美。

「聖塔菲藝術博覽會」（Art Santa Fe）由布魯士・傑克遜（Bruce Jackson）與夏洛蒂・傑克遜（Charlotte Jackson）兄妹倆成立於一九九五年，由布魯士任製作人，夏洛蒂任藝術總監。基於對藝術的熱愛與強烈的使命感，從二〇〇一年開始每年舉辦藝術展，將聖塔菲打造成可親近現當代藝術收藏的城市，並邀請各國的畫廊來參展，吸引更多的人潮湧入。據主辦單位資料指出，聖塔菲藝術博覽會已是全美第二大藝術品市場。

匯集裝置、繪畫與攝影作品

二〇一一年第十一屆聖塔菲藝術博覽會有歐洲、亞洲、墨西哥及美國等地的藝術家前來共襄盛舉。其中雨果・賈西亞・烏如夏（Hugo Garcia Urrutia）的大件裝置藝術作品《墨西哥的海嘯》（The Mexican Tsunami）最引人注目。從地面往上堆砌一千多個黃色小沙袋，佔牆面積十六英尺乘十二英尺。到了左上角，沙袋微向內捲，像是浪潮從高處襲捲而下，令觀者感到十分震撼。黃色小沙袋像是墨西哥人賴以為生的一粒粒玉米，席捲了他們的生活，藝術家解釋，這些黃色小沙袋象徵著一包包的毒品，在墨西哥與美國接壤的城市，因運毒爆發槍戰，烏如夏無辜的哥哥不幸遭槍擊而亡。為哀悼他哥哥，雨果創作了《墨西哥的海嘯》。以這件作品提醒人們：這些毒品的毀傷力，正如狂捲而來的海嘯，企圖喚起人們，不應冷漠、麻木地對待這樣的事件。

日本Edel畫廊代理藝術家Hisayoshi Komaki作品，其中《海岸》（Sea Coast）一作被選為《聖塔菲藝術博覽會》專輯的封面。岸邊，陣陣翻白的浪潮，讓佇足觀望的人有不同的解讀，我心頭也浮上蘇東坡的詞句：「大江東去，浪淘盡千古風流人物……」。Edel畫廊的另一位畫家小林靜山（Seizan Kobayashi），其作品《音樂與詩的女神》（Goddess of Music and Poetry）極為細緻地畫於絲上，愈發顯得華麗。看著圓圓臉龐的女神，不由得讓我聯想起唐朝豐潤的美女。

經過南・蒙哥馬利（Nan Montgomery）的作品《火與冰》（Fire and Ice）前，旋即被那一枝獨秀且栩栩如生的劍蘭所吸引。在一片灰白的麻布上，挺拔的莖，清越地立著，手法乾淨俐落，彰顯藝術家繪畫的功力；斜出的葉梢，在剛勁中添了份輕柔；襯上兩朵盛放的花朵及小花苞，與素淨的背影形成鮮明的對比。而羅勃透納（Robert Turner）的每一幅攝影都讓人有置身仙境之感。要拍出這樣的照片，必須來回多趟或守候好幾個小時，就為一剎那間光與影的變化。我指著其中一幅說：「這很像中國的國畫。」他馬上點頭並說道，別人也曾這麼告訴過他。

藝術總監夏洛蒂向我表示：會展的第三天，請到知名文學界人士勞倫斯・威胥勒（Lawrence Weschler）至博覽會演講。威胥勒曾被提名普立茲獎，著有十幾本書，寫過無數有關藝術、文化、政治的文章。他曾說道：「我曾在政治悲劇與文化喜劇間穿梭了二十年。」

創作大解密

夏洛蒂認為這次展覽與往年的不同之處，在於打造了一個可親的空間，讓觀眾更能了解藝術家的創作理念。現場還舉辦了「作品是如何被創作出來？」的單元，請到美國奧勒岡州波特蘭的靶心玻璃公司（Bullseye Glass Company）及朴畫廊（Park Fine Art）到現場展示。

靶心玻璃公司的總監泰德・索耶（Ted Sawyer）在平板玻璃上塗抹一層膠，灑上構圖所需的粉狀顏料。這些顏料是用各種的顏色玻璃碾碎成顆粒或粉後，各自裝瓶備用。製作過程中，經篩、刷、畫等工續，然後將此平板玻璃放入爐中，以華氏一千二百至一千五百度（攝氏六百四十八至八百十五度）來烤，這比一般的兩千度低很多，由於是手工製作，也較費時，不過每件成品色彩絢麗奪目，令人驚艷。一般將之懸掛於牆上做裝飾，頗受歡迎。

朴畫廊請來在Jun-Ju大學任教的Yu-Ra Lee教授來示範如何製作韓國（Hanji）紙。韓國紙是用桑樹皮經多道工序做成，廣泛應用於日常生活，許多手工藝品與傳統服飾皆以它為材料。在現場僅展示如何在紙漿中抄紙，然後晾乾的簡單過程。造紙是蔡倫兩千多年前的發明，這項素材實在值得當代藝術家好好運用，古老的智慧心血透過創意將能展現出新生命。

看完所有參展作品，領受一場豐盛的視覺饗宴後，已晚間八點多了，不過天尚未暗，許多人聚集在聖塔菲廣場，或隨著現場樂隊起舞，或優閒地坐於草地上，享受著夏日情懷。這景象突然讓我莫名地感動，相信這也是種藝術，是生活的藝術！藝術不必是懸之高堂，受過專業訓練的人才能消費與享受。托爾斯泰說過：「藝術是人間傳達其感情的手段。」那麼在廣場的這些人不都正在直接地表達他們的情感，演繹著快樂平凡的生活藝術？

處處是風景的迷人之都

回程，我邊走邊想，二〇〇五年，聖塔菲被聯合國教科文組織（UNESCO）評選為創意城市（Creative City），是北美第一個獲此殊榮的城市。走在聖塔菲，實有份「與有榮焉」的驕傲。它是新墨西哥州的州政府所在地，人口僅七萬多，每年卻吸引了近兩百萬的遊客，皆因它獨特的風貌：土坯式的房屋建築（Adobe house）、土著與西班牙兩種文化相融合而產生的粗獷熱情新文化、以神奇梯子聞名的羅瑞托教堂（Loretto Chapel）（兩個三百六十度的旋轉梯，未曾使用一枚釘子）、以及距今四百年仍在使用中的全美最古老的聖邁可教堂（San Miguel Church）、二〇〇五年，由教皇晉升為國外特別重要教堂的阿西西的聖法蘭西斯教堂（Cathedral Basilica of St. Francis of Assisi）、可見到夜空繁星點點的開放式歌劇院（Santa Fe Opera）、像醉人詩篇的璀璨珠寶、色彩繽紛的路邊市集、不計其數的畫廊與美術館等，在在吸引了藝術家與作家們前來定居，享譽畫壇的藝術家歐姬芙（Georgia O'Keeffe）就終老於此，歐姬芙的畫作以大自然的色彩、線條，呼應其內在的情感，形成結合自然主題與抽象語彙的作品，喜歡她畫作的人，絕不會錯過為紀念她而設立於此的博物館。

聖塔菲的每個角落都風情萬千，呼吸裡滿是藝術，它是新墨西哥州的桂冠，難怪此州有「迷人之地」（The Land of Enchantment）的美譽！

聖塔菲國際民俗藝術市集

在這艷陽高照、流金似火的七月，遊客們無懼一陣陣襲來的熱浪，頭頂著遮陽帽、眼戴著墨鏡、一身清涼打扮，似潮水般，湧進了新墨西哥的藝術綠洲——聖塔菲，參加二〇一一年七月八日至十日在此舉辦的第八屆國際民俗藝術市集（International Folk Art Market）。

為參加這全世界最大的民俗藝術市集，先生與我一早就開車至聖塔菲，將車停於指定的停車場，然後坐上接駁的巴士前往舉辦地點Museum Hill。據說有一千六百名義工投入，難怪下車後，入眼多半是穿著寶藍色T恤制服的義工們，個個面帶笑容熱忱地為遊客們服務。

才看過聖塔菲一連幾天的藝術博覽會（Santa Fe International Art Fair），當踏進這民俗藝術市集，明顯感受這兩者的不同。民俗藝術作品與當地宗教、生活習俗及傳統文化有關，形式與內容多為代代相傳，且許多是素人畫家，未經正式繪畫訓練，作品風格純樸自然、粗獷神祕，反見巧思與新意。它採用的視覺語彙更為大眾所熟悉通用，因此比精緻藝術較具普遍性。

這些民俗藝術家並非付錢買個攤位即能來參展，而是需先填妥申請表格及附上展品照片，經過博物館館長、畫廊經營者、藝術收藏家及專家組成的選委會審核通過方可。選委會以產品的可靠度、品質及適銷性來做為評估的依據。在展出時，還會謹慎地去每個攤位巡查，看看展品是否與當初申請表上所填相符。

二〇一〇年來參展的共有五十個國家，一百卌二位民俗藝術家，參觀人數約為兩萬兩千人。其銷售量約兩百一十萬美元，較前一年增加了百分之十點二，平均每個攤位的銷售額為一萬五千美元。超過三分之一的參展者來自第三世界，在窮困的家鄉每人每天平均收入僅三美元，經由參展銷售所得的百分之九十可帶回家。他們將這筆為數不少的錢拿來蓋房子、或供兒女上學、或帶親人上醫院看病、甚至買牛、羊、豬來增加生產，因此遊客們在買中意的物件時，其實無形中也做了幫助他們改善生活的善事。

二〇一一年總共有四十九個國家，一百四十六位民俗藝術家來參展。每個攤位都擺得琳瑯滿目、美不勝收，且各具特色。我們從第一個攤位看起，有賣編織品、手袋、毛毯、布玩偶、木板畫、雕刻葫蘆、珠寶盒、髮飾、磁盤、花瓶、披肩、彎刀、面具、衣服、圍巾、臉譜擺飾、羊絨拖鞋……等，當看到牆上掛著亞當與夏娃，以樹葉遮掩私處寓意簡明的圖畫時，不覺莞爾。眾多美好的展品中，我尤其喜歡羊毛織毯、漂亮的珠寶盒及飾有精美圖案的刀與刀鞘。看攤位上邊掛的國名，以烏茲別克斯坦、印度、墨西哥、祕魯居多，烏茲別克斯坦擁有十六個攤位，獨佔鰲頭。有的攤位還現場表演針繡、做銀飾、編織布及地毯，以吸引顧客。

看完了這邊場地的幾十個攤位後，我們跨過街道轉往另一邊，方看見來自中國雲南的攤位，展出有黑色陶器、西藏唐卡；隔鄰的另一個攤位來自貴州的吳貴，展出他做的苗族銀飾、帽子、項鍊、手環，不禁讓我想起宋祖英站在「甘洒迪藝術表演中心」演唱時所穿戴的亮眼的苗族服飾；還有一個攤位是同為貴州來的潘玉珍，她做的織繡衣服，色彩艷麗，吸引了一位優雅的中年女士，她試穿上身，我忍不住讚聲：好漂亮！不知後來她買下沒？

經過表演舞台，正好輪到來自哲蚌洛沙林寺的喇嘛們在誦經祈福。台下的椅子全坐滿了，有的遊客只好席地而坐，有的甚至站著。這誦經祈福有別於其他國家如西非樂團、墨西哥舞蹈、阿曼傳統音樂與舞蹈、越南舞獅、巴爾幹民俗音樂……的熱鬧表演，台下的人全都專心地聆聽。空氣中彌漫著緩慢悠遠的藏音，彷彿一陣微風拂面而過，給炎炎夏日注入股鎮靜人心的清涼。

遊客越來越多，在攤位間得小心錯身而過，以免撞到人。兩邊攤位中間擺放有桌子，義工坐鎮，方便遊客於此付款。有別於往年，今年還在上邊空地搭了帳篷，增設一排付款處，可見買氣之旺。

據會後統計，此年參觀人數是兩萬兩千多人，銷售額兩百卅一萬美元，平均每個攤位銷售一萬七千三百九十九美元，打破了歷年來的記錄。來自巴基斯坦的攤位，將銷售所得三萬三千元，未曾私自留下，悉數捐給他們國內正逢水災的受災戶，這善舉贏得了大家一致的讚揚。

參觀完這具人道關懷的民俗嘉年華會後，步出市集，心想除了色彩紛呈的展品、規劃完善的節目及場地安排，讓人充分感受到來參展的藝術家與主辦單位的用心外，他們與義工及遊客們每張臉上掛著的笑容，才是教人難忘的，沒什麼比洋溢著的快樂更能彰顯此次展覽的成功！

七月，聖塔菲的藝術活動連連，在湛藍的天空下，它所散發出的魅力光芒，直追炙熱的太陽！

海釣之旅

周六的登山活動中，先生慨嘆好久沒度假了，朋友聽了大吃一驚問：「七月，你們不是才遊完新疆回來嗎？」我明白在他心目中：忙忙碌碌地走過一城又一城，那是旅行；而待在一個固定地方，每天輕輕鬆鬆地有魚釣，那才叫做度假！

不管九月的天氣是否還太熱，心動不如行動，先生抓起電話，立即向分時度假中心查詢距我們新墨西哥州不到七百英里的墨西哥Rocky Point城。

此城位於柯提茲海（The Sea of Cortez），亦即加利福尼亞灣（Gulf of California）的東北邊。當年美墨戰爭時，墨西哥總統Antonio Lopez de Santa Ana力戰，此城得以保留，免其內陸與西部的下加利福尼亞半島（Baja California Peninsula）分離。由於它大部分地區屬沙漠（Altar Desert），缺水，氣候又十分炎熱乾燥，農業與畜牧業幾乎不存在，人煙極稀少。

一九三〇年代，連接內陸與半島的鐵路修好，打此通過，漸漸帶動了它的成長。一九九三年，政府鑒於坎昆（Cancun）旅遊業的蓬勃發展，而此城的海岸線甚長，海灘風光美麗，因此積極與私人企業合作，建設其為釣魚、捕蝦及各種水上活動的旅遊勝地，一棟棟度假中心及公寓大樓如雨後春筍般拔地而起。大量遊客從鄰近的加州及亞利桑那州湧入，尤其以亞利桑那州的鳳凰城（Phoenix）與吐桑（Tucson）來的居多，佔了旅遊人數的百分之八十五，因此它有「亞利桑那州的海灘」（Arizona's Beach）之暱稱。

先生整理好釣具，我們清晨六點開車出發，沿著廿五號公路南下，遇十號公路西行至吐桑，由此再續行六、七十英里即可抵達。當過邊境前，我們停下加買墨西哥的汽車保險，耽誤了些時間。入境後已非高速公路，速度較慢，加上路標不明，開了十英里，不見第二個路標，不放心，又折回原路口問路邊店家。沒想到這不到七百英里的路，卻整整花了十三個小時。

運氣很好，我們訂到的房間面向大海，對著一覽無餘的海景，車途的勞頓剎那間化為烏有。這一夜，一波波久違的潮聲伴著我入眠。第二天一大早，我們即踏上海灘漫步。遠處隱隱約約的山水，於晨曦中，似一幅幅水墨畫，竟給我種桂林山水的幻覺；待我們一靠近，正引頸高歌的白鷺鷥霎時驚起，匆匆掠過水面，而落單的螃蟹卻閒適地在沙灘上橫行，無懼於我們的眈眈注視。平日，多半端坐電腦前，費神傷眼。此時拋開它，身心與大自然俱融合為一，那份舒泰實不言而喻。熱烘烘的太陽直往上爬，終不敵它散發出的熱氣，我們繞過與海天一色的游泳池，趕緊轉回頭。先生忙至櫃檯探詢釣魚點。白天艷陽高照，氣溫高達華氏一百零四度（攝氏四十度），於是我們靜待黃昏後才出發。先生駕著車子，沿途一片荒漠，不見可供釣魚的海邊。突然，車子陷入泥沙中，車輪光打滑，不再前進。原本看來平整的路，誰知下面是軟沙。先生努力把輪胎四周的沙刨開，路弄平些來試，只見加油後，輪胎激起千層沙，在原地空轉，沒能前進一絲一毫。

天熱加上心急，先生額頭的汗，滴滴答答落下。天邊殘陽將盡，瑰麗的雲彩漸漸暗了，四周蚊子肆虐，咬得我發狂。在這荒郊野外，叫天不應，叫地不靈，荒漠中的仙人掌，於昏黃的夜色中，一株株看來像張牙舞爪的魔鬼。怎麼辦？我們決定棄車，趕在天色墨黑前，走回度假中心求救，也許得走個把鐘頭，但總比待在原地餵蚊子好，萬一跑出個大野狼或什麼怪獸來，老命豈不是休矣！

荒漠地帶，景觀都一樣，根本不記得來時路。走著、走著，忽然看見遠處有車經過，我高興得一邊快奔，一邊大喊「Help！Help！」，還揮動著帽子，想引起他們的注意，但車子唰地開過，根本沒看見渺小的我。

追至大路上，一瞧，原來路盡頭是高爾夫球場的停車場，球場的車趕於天黑前將客人送回停車場。怕他們走了，錯過求救機會，我們拼命跑，上氣不接下氣地跑到了，我大口喘著氣告訴他們：「我們的車陷進沙地裡了，請求你們幫幫忙。」看我這狼狽樣子，所有客人都柔聲說：「別急，別急，球場的人會幫你們的。」這時的溫言安慰，讓飽受驚嚇的我感動莫名。

兩個熱心的球場人員開車載我們至現場，他們試後，也無法起我們車於泥沙中，於是，撥起電話，只見球場另一人開著威力十足的「悍馬」（Hummer）車來到。這「悍馬」很有力，應沒問題，他從車上找出根繩子，可惜不夠粗大，拉不動我們的車，只好打電話至度假中心，要他們來救。中心來了兩人，開著卡車，帶著手電筒，幾經折騰，終於將車拖出了沙地。

度假尚未開始，已先驚魂。先生卻是「不到黃河心不死」，次日，繼續朝大海方向前進，不過學乖了，車停在泥土踏實的地面，不再冒進。我們下了車，帶著釣具，在沙漠中穿梭。啊！終於看到能釣魚的海了，那寶藍色的海水，在朝陽的照射下，發出誘人的粼粼波光。退潮後的沙灘上，滿佈貝殼。先生興奮得朝大海快步走去，打開他的釣魚箱，忙豁起來，我卻朝沙灘上的貝殼衝了過去。撿拾貝殼時，抬眼遙望，雲連著天、天接著水，心胸頓感開闊，昨晚的驚恐已消失在那一片遼闊的蔚藍海天中！

魚獲不豐，先生雖說釣了魚，總沒過夠癮，於是到舊城（Old Town）的海邊，看看有無坐船出海去釣的機會，且順道在熱鬧的舊城區逛逛。沿海處好幾尊雕塑，還在岸邊貼心地搭建了棚架，供遊客歇息。路旁有魚市場、餐廳及不少賣紀念品的店，店主熱情地招呼遊客進去。那些物品與商店的鮮艷色彩及街景吸引了我不住地按下快門，拍照留念。

回到度假中心用膳，每晚的主題皆不同。星期一牛排、星期二海鮮、星期三墨西哥餐、星期四意大利餐……除了享用美食，我更喜歡的是四周氛圍帶動的度假心情。望向海灘，夕陽由絢爛開始，伴著我從生菜沙拉吃至最後一道甜點，漸轉黯淡，終至夜色四合。落日完全歸隱，桌上的燭台業已悄悄燃起。餐廳的客人多半已走，我們也該起身離去了。雖說「人生得意須盡歡，莫使金樽空對月」，但為何盡歡後心裡總有一絲拂不去的悵然？

七天轉瞬即逝，收拾行囊，多了拾來的貝殼，其中不乏珍稀之品，尤其寶愛那像把小傘似的貝殼，可惜過邊境檢查時，所有貝殼都被沒收了。來往墨西哥多次，從沒被度假中心警告過不可撿拾貝殼帶回，也不見明令告示，心想我那珍品說不定當晚那官員就擺在他家客廳的檯子上欣賞了。美墨邊境常為毒品而不寧，關卡加重盤問緝毒，甚至有荷槍的士兵巡邏，可我這貝殼是珍品，非毒品啊！

這一趟海釣之旅，於我，沒了珍稀貝殼，不無遺憾；於先生，過了釣魚癮，符合他的度假條件，雖曬得黧黑如同老墨，事後又脫層皮，卻覺圓滿無憾。足矣！

劍門關

——古蜀道上的咽喉

童稚時，抬頭仰望湛藍的天，它飽滿圓潤地覆蓋著大地。近在眼前，伸手卻遙不可及。滿心迷惑：這天怎麼就跟別的東西不一樣呢？略長，逐漸明白這天可真不一般，是摸不著、也到不了的。待醉心於唐詩宋詞時，讀到李白之慨嘆：「噫吁嚱！危乎高哉！蜀道之難，難於上青天！」心一驚，這世上還有比登天更難的？究竟蜀道為何？身為蜀人，焉能不認識及見識它?!

企盼經年，二〇一二年金秋十月終於踩在這劍門蜀道上了！

蜀道是中國古代政治、經濟、文化中心咸陽和長安通往邊遠之郡巴蜀的道路。從陝西漢中、寧強入川，至廣元、劍閣、梓潼、綿陽、成都，全長一千多公里，在四川境內有四百五十公里。沿途古棧道蜿蜒綿亙於秦嶺、巴山、岷山之間。地勢險峻，山巒疊翠，集雄、險、幽、奇、秀於一身。道上分佈著眾多的名勝古蹟——明月峽、千佛崖、皇澤寺、昭化古城、劍門關、翠雲廊等，其中尤以享有「劍門天下險」美譽的劍門關為著。

劍門關，位於四川省劍閣縣城南十五公里處。此處山脈東西橫亙百餘公里，七十二峰綿延起伏，峰峰像劍，直插雲霄。大、小劍山中斷處，相峙如門，故稱劍門。三國時代，蜀相諸葛亮北伐中原，經此，見壁高千仞、莽崖峭壁，形勢險要，依崖砌石為門，成為著名的天然關隘，並在此建關設尉，成為軍事要塞，故稱劍門關。

踏進劍門關景區，穿過橫刻著劍閣二字的石牌坊，「劍壁門高五千尺」、「石為樓閣九天開」分別刻在兩側的門柱上，好高大氣派！進入後，未見秋天金黃、酒紅、淺橙、深棗……等色交織的繽紛樹葉，反倒是鬱鬱蒼蒼、植被蔥蘢的一片青翠迎面撲來。再往裡走，方於萬綠叢中，驚見數點醉上枝頭的楓紅，此時特別稀奇醒目，格外來得美！

腳下長約五百公尺的幽深峽谷中，時見石橋彎架在較為平緩的潺潺溪流上，有「金牛橋」、「立關橋」、「守關橋」等，石板路兩旁插著寫有「漢」字的旗幟，整個園區飄著濃郁的蜀漢風，我們似已穿越時光隧道，來到了三國。

棧道依山傍勢、凌空架木修建，這卅里長的棧道延伸盤旋著，就像是一條長龍遊走在蒼莽的懸崖峭壁間。目前的棧道多半是現代化旅遊用，而古棧道則是先民在險惡的絕壁上，懸掛著身體，鑿石孔、砸木樁、釘踏板，以斑斑血淚完成的艱難工程。心想，這數千年來驚心動魄的歷史，又何嘗不是一代代用血汗積串寫成？

景區內，有諸葛亮北伐軍行圖、他發明的「人不大勞，牛不飲食」的木牛流馬代步器械、攻城連環弩、諸葛亮與劉備偉岸的石雕像……等，三國的歷史快速地在腦子裡閃過。此時，看見好些遊客拿著相機對著左側崖壁猛拍，我突然醒覺，當年蜀大將姜維，僅以三萬人馬鎮守劍門關，拒魏國鄧艾十萬大軍於關外，令鄧艾夢斷於此。這左側崖壁，從側面看就像一尊天然的武士像，守衛著劍門關，當地人由於尊敬他，紀念他守關的英勇事跡，而將其稱為姜維神像。

走著，走著，雄踞關口的劍門關樓，終於氣勢恢宏地呈現眼前。兩崖石壁如刀砍斧劈，平地拔高一百五十多公尺，長五百多公尺，寬一百餘公尺，底部寬五十多公尺，真是「兩崖對峙倚霄漢，昂首只見一線天」，難怪李白在〈蜀道難〉內有：「黃鶴之飛尚不得過，猨猱欲度愁攀援。」進而有：「劍閣崢嶸而崔嵬，一夫當關，萬夫莫開」的讚譽。它扼古蜀道咽喉，成蜀北屏障。若想進攻蜀地，必先攻下這個天險，因此它是歷代兵家必爭之地，成為四處瀰漫著硝煙的戰場。不走劍門蜀道，不知蜀道之難！

遠處斜坡上滿佈著穿士兵軍服的假人及隨風飄揚的紅色軍旗，劍門關箭樓上還有面大鼓，這樣的景色，加上陰霾的天，我彷彿置身戰場。頻催的戰鼓、士兵衝鋒陷陣的殺伐聲，在耳邊轟然響起。

翻開歷史：秦滅巴蜀，這裡有司馬錯大將軍鐵騎的蹄印；魏、蜀交兵，有諸葛亮五伐中原的足跡；安史之亂，有玄宗幸蜀的車轍；黃巢作亂，有僖宗奔蜀的在道不豫；五代紛爭，有宋滅後蜀的硝煙；蒙、宋鏖兵，有元滅南宋的戰火；滿清入關，還飄揚過李自成、張獻忠的戰旗等等，它一一記錄了劍閣喧赫的過往，也讓騷人墨客在此留下了不朽的千古吟唱。

步下劍門關石梯，沿溪行，來到雷鳴橋，每逢山洪奔瀉，由於山高谷深，水聲如雷，蔚為壯觀，正如李白在〈蜀道難〉中所云：「飛湍瀑流爭喧豗，砅崖轉石萬壑雷。」

接著是五丁橋，相傳戰國時，秦王欲伐蜀，因山道險阻，作五頭石牛，言能日屎千金，以欺蜀王。蜀王命五丁開道引之，秦軍於是沿五丁所開的道路而進蜀滅蜀。因此從漢中穿越秦嶺、巴山餘脈而直達成都的道路，稱為「金牛道」，又稱「石牛道」。可見人若起貪婪之心，必招禍，古今皆然。至於五丁，一說是指多人開工的一個概數，意即人工眾多；另一說則是指確有五丁這個人，引領幹這項工程。

子規橋：子規即杜鵑，劍門有很多這種鳥。相傳春秋初期，蜀國望帝杜宇失國身死，化作杜鵑，哀聲啼叫，李白在〈蜀道難〉中感嘆：「又聞子規啼月夜，愁空山。」在春暖花開時節，索道附近常聽到杜鵑啼鳴，因此就叫它子規橋。

細雨廊：劍門細雨係蜀中一佳景。陸游從抗金前線陝南奉調到成都任新職，路經此地，吟成這首名篇〈劍門道中遇微雨〉：「衣上征塵雜酒痕，遠遊無處不消魂。此身合是詩人未？細雨騎驢入劍門。」細雨廊一名正取自他此詩。有前人評此詩：狀難寫之景如在目前，含不盡之意見於言外。壯志未酬，黯然神傷的陸游，多麼希望他過的仍是鐵馬秋風的軍旅生涯，而不是到後方充任閒職。

心裡想著：走過園區內那麼多的景點，是否該有李白的千古名作〈蜀道難〉呢？當看到一大塊石壁上將兩百九十四字的〈蜀道難〉雕刻於上，我好興奮，趕緊恭敬地唸著，尤其剛走過關景，相互映照，心中更能充分感受到此詩雷霆萬鈞之勢。

雖限於時間得快遊，我們仍寧願餓著肚子，不乘索道，一步一腳印，踏在這具厚重歷史、令人發思古幽情的蜀道上。出了景區門，飢腸轆轆地直奔路邊餐館，要一嚐名聞遐邇的劍門豆腐。名「錦囊妙計」的菜一端上，許是太餓了，吃了好幾口，才猛然想起要拍照。那一長條，炸得黃黃的豆腐卷，讓人想挑開看看，裡面究竟藏有什麼妙計？取了這麼個貼切、有學問的菜名，哪怕盤裡的菜已被吃亂，我還是要照它一張。

相傳劍門豆腐始於三國時期，蜀漢大將軍姜維在漢中被魏將鐘會、鄧艾打敗後，退到劍門關。當時姜維營中兵疲不能戰，馬乏不能騎，眼看蜀北屏障劍門危在旦夕。劍門一地方官忙向姜維獻計：閉關三日不戰，號令百姓家家磨豆漿，以豆腐犒賞士兵，以豆渣餵戰馬，待兵馬體力恢復再戰。三日之後，姜維僅引五千兵將殺下關去，大敗鐘會，解了劍門之危。

劍門豆腐是以劍門山區礫岩油沙石土出產的黃豆為原料，用來自劍門七十二峰的泉水，經浸豆、磨漿、濾渣、煮漿、點漿、脫水等工序製成。劍門豆腐顏色雪白，細嫩鮮美，口感不澀，且有淡淡清香，並韌性極強，可製作出兩百多個品種的菜餚。做法分兩種，一種是傳統家常菜，如麻婆豆腐、魚香豆腐；另一種是與三國典故有關，如桃園三仁豆腐（花生仁、核桃仁、杏仁）、火燒赤壁（鍋巴豆腐）等。

俗話說：「不吃劍門豆腐，枉遊天下雄關。」我們遊完且也品嚐了劍門關一絕的劍門豆腐，給此行劃下了完美的句點。如同姜維兵馬，我們吃飽喝足，體力恢復，痠痛的腳也好多了，立刻又精神抖擻地朝蜀道上的下一站進發。

翠雲廊

——古蜀道上的明珠

二〇一二年十月下旬，我們來了趟川西遊。離開劍門關後，直奔翠雲廊而來。抵達遊客中心的停車場時，一眼瞧見寫著「蜀」字的錦旗一字排開，迎風招展地歡迎著我們。

翠雲廊是古蜀道以險著稱的劍門蜀道的一段，古稱「劍州路柏」，民間又稱「皇柏」，亦稱「張飛柏」。翠雲廊名字的由來是清康熙三年（一六六四年），劍州知州喬鉢在一首詩中寫道：「劍門路，崎嶇凹凸石頭路。兩行古柏植何人？三百里程十萬樹。翠雲廊，蒼煙護，苔花蔭雨濕衣裳，回柯垂葉涼風度。無石不可眠，處處堪留句。龍蛇蜿蜒山纏互，傳是昔年李白夫，奇人怪事教人妒。休稱蜀道難，莫錯劍門路。」從此，「翠雲廊」這個充滿詩情畫意的名字便成了這段「劍州路柏」的雅名。

三百長程十萬樹

廣義的翠雲廊，是指以劍閣為中心，西至梓潼，北到昭化，南下閬中的三條路，在這三條蜿蜒三百里的道路兩旁，全是修長挺拔的古柏林，號稱「三百長程十萬樹」。

狹義的翠雲廊指的就是我們現在所探訪的翠雲廊景區，它不僅是國家首批重點風景名勝區、重點文物保護單位劍門蜀道的核心景區之一，也是國家森林公園及4A級旅遊勝地。

遠望翠雲廊，它像條蒼莽的綠色巨龍，跨越深澗溝壑，蜿蜒逶迤於崇山峻嶺之間，蟠環在古驛道上，氣勢磅礴，鬱鬱蔥蔥，一顯它古樸拙壯的雄風。進入景區，身臨其境時，看那古柏，根根粗壯如磐石，枝柯遒勁，綠葉繁茂。抬頭仰望，它傲然高聳，樹冠如雲如蓋，直插霄漢。立於這千萬棵樹匯聚成的宇宙中，益發覺得自己渺小如滄海一粟，恨不得就蜷縮在這翡翠畫廊的懷抱中，享受大自然的呵護。

順著小路向山上行，首先看到的是一尊石像，下書「張飛植柏」四字。蜀漢時，張飛擔任巴西（閬中）太守，軍情政務，羽書出川頻繁，往往因劍門山勢險峻，不識路徑而耽誤。張飛便令士兵自閬中至昭化鑿石開山，將羊腸小道擴建成一丈多寬的石板大路，在兩旁栽植柏樹，並嚴加保護。植柏樹不僅表道，起路標與里程碑的作用；兼保護道路，防止雨水沖刷路基；同時有利於行軍；還方便了商賈和當地百姓的行走，後來百姓為感謝他植柏護柏的功勞，在此勒石塑像以示紀念。

老柏參天故事多

踏著古老的石板蜀道，充分感受「老柏參天合，人行翠幄中」的意境。那些樹，動輒上千年，一圈圈年輪，刻畫蘊含了多少故事？怎不令人興起歷史蒼茫，歲月悠長之嘆！

道兩旁的古柏形態萬千，人們根據其長勢、外貌和歷史傳說，都給取上相應的名字。我們來到「張飛柏」前，緬懷他植樹之功。看到「結義柏」，枝分三，象徵劉備、關羽、張飛結義三兄弟，魂繫漢室扎深根。「夫妻柏」，虯枝交錯，相擁而立。傳諸葛亮之妻，貌醜卻有才。諸葛亮製作的木牛流馬、連弩實係其妻所授之術。這婚配雖為當時人笑樂，卻被後世傳為佳話，這棵柏樹，相依連理，恰似他夫妻倆和諧之象。據說當地夫妻常來此祈禱，祝願感情如此柏長青，白頭偕老。

遊客們相機不停地拍，看似較鍾情於「夫妻柏」，對「隆中對柏」一眼掠過。看這對古柏，如劉備與諸葛亮隆中對談之勢。我駐足流連，思潮起伏，如無劉備當時從諸葛亮之計——「若跨有荊、益……則霸業可成。」劉備又何能建蜀漢稱帝？

遠遠瞧見一棵樹上繫有紅帶，想必尊貴。近前一看，稱「劍閣柏」，樹齡已有兩千三百年。樹幹似松，枝幹似柏，又名「松柏長青」樹。該樹為瀕臨絕滅的古老樹種，世界僅此一株，被譽為世界珍寶，難怪是一級保護樹種。

緊鄰的是「三國鼎立柏」，三個枝椏，猶如魏、蜀、吳三國。公元兩百二十年曹丕廢漢獻帝稱魏；兩百廿一年劉備立蜀漢稱帝；兩百廿二年東吳孫權稱帝，形成三國鼎立之勢。三國歷經六十年，鼎力共存四十一年，蜀漢歷時四十二年。

續往前走，有棵殘敗之樹，樹名「阿斗柏」。原來是魏滅蜀後，後主劉禪（乳名阿斗）投降，被解往洛陽，途經此，避雨樹下。後傳出他在洛陽，樂不思蜀，眾人殘此樹以洩憤，怒以火燒之，刀斧削之，形成南側半邊樹幹全部乾枯之怪狀。

皇柏　柏中之王

「皇柏」，是翠雲廊柏中之王，又稱「帥大柏」。秦始皇統一天下降旨植樹，故有「皇柏」之稱。一九六三年朱德視察翠雲廊，在劍閣柏前，一隨行人員感嘆：「這樹真大！」一農民用當地方言即說：「前面還有一棵帥大的樹。」工作人員不解地問：「什麼是帥大的樹？」朱德幽默地回說：「帥大的樹就是很大的樹，像元帥那麼大的樹。」「帥大柏」之名由此得來。

咦？在盡是盤根錯節的古樹間，怎會有口井？近前，井旁石上，寫著「張飛井」。相傳，張飛奉命北伐，至此烈日當空，兵士饑渴難受，戰馬嘴吐白沫，張飛命士卒四處找水，未有水源，心情煩躁，舉拳猛喝一聲：「渴煞我也！」拳頭砸地，只見一股清泉從拳印中冒出來，緩解了饑渴。張飛又命兵士將拳頭砸出的圓坑鑿成一口深井，以供當地鄉民飲用。百姓為了感謝張飛，將這口井稱之為「張飛井」。不管傳說是真是假，於十月金秋，行走於不冷不熱的天氣中，但走上一段路，依然會覺得乾渴。望見這口井，雖喝不上它的水，心裡卻頓生涼意。

不遠處，出現一小湖，碧綠的湖水上建一亭子，上題「護柏亭」。亭上的瓦已舊，不過所題的字，是簡體，想必是近代之作。看多了山與樹，眼前的湖水，讓人眼睛一亮。

漫步在濃蔭蔽日的翠雲廊中，看每棵樹的胸徑不一，說明這些古柏非一次栽植而成，尤其根據多方考證及大量文獻史料記載，證明它們是歷代不斷栽植而形成的歷史產物。

第一次的栽植是在秦朝，秦始皇修築阿房宮，曾在蜀中大量伐木。杜牧在其〈阿房宮賦〉中有「蜀山兀，阿房出」的描寫。蜀中百姓怨聲載道，秦始皇為平民憤，倡導在驛道旁植樹。他還下令在全國各驛道種植松柏，用以顯示天子的威儀。此後群眾便把這次植的樹稱為「皇柏」，所以這條道又名「皇柏大道」。現胸徑二公尺以上、樹齡兩千多年的古柏，應為秦朝所植。

張飛上午栽樹　下午乘涼

第二次是在三國鼎立時期，張飛令士兵沿驛道種樹。今天民間還流傳著張飛當年上午栽樹，下午乘涼的故事和神奇的傳說。據考，胸徑一點八公尺以上的古柏當是「張飛柏」了。

第三次是東晉時期。因道教興起，人們重視風水之術，而劍閣又是道教的發源地，於是大量栽植「風脈」樹，尚書郎郭璞為此寫了〈種松記〉刻於石碑。這碑到了宋代，由於風雨剝蝕，當地人又請大文人蘇軾重書碑文，今碑刻仍存武連覺苑寺內。估計胸徑一點七八公尺左右的古柏就是這時所植。

第四次是北周時期，時人為計里程，曾在道旁每一里壘一土堆作標記，但這種方法容易被風雨沖毀，後來改為每一里種樹一株，以一里一樹計算里程。但當時以什麼樹計里，史無記載。

第五次是唐代。相傳唐天寶年間（公元七四二至七五六年），楊貴妃喜歡吃川南荔枝，玄宗皇帝命人快馬加鞭，連夜運送。為保持荔枝鮮味，令百姓沿途種植柏樹，劍閣人民又在原有基礎上進行了栽補，使翠雲廊規模初具。

第六次是北宋時期。據《宋會要輯稿・方域・道路》記載：宋仁宗天聖三年（一〇二五年），宋仁宗詔令：「自鳳州（今陝西寶雞陝西鳳縣）至利州（今廣元），劍門關直入益州（成都）道路，沿官道兩旁，每年栽種土地所宜林木。」這又是一次大規模植樹，並且延伸到了整個蜀道。

第七次是明朝。明正德十三年（一五一八年），廣西人李璧（字白夫，號琢齋）任劍閣知州，對南至閬中、西至梓潼、北至昭化的官道進行了整治，並沿路大量補植柏樹。因而同治《劍州志》所載清人喬缽〈翠雲廊〉詩序云：「明正德時知州李璧，以石砌路，兩旁植柏數十萬，今昔合抱，如蒼龍蜿蜒，夏不見日。」翠雲廊從此形成了宏偉規模。

翠雲廊的古柏能保存至今，離不開歷代官民的保護。人民把修橋補路、栽桑植柏看成是一種為後人造福的美德，便以護路愛樹為已任。而官府則從秦漢至唐就設有專人管理，到了北宋又頒布了管理行道樹條例，南宋時還發布了「禁四川採伐邊境林木」的詔令。明代又有「官民相禁剪伐」的政令。清代官府常派差役沿路巡察護樹情況。一九三五年，由於川陝公路的修築，古柏損壞慘重，民眾甚為痛憤，後來蔣介石知道後，也下令在古柏上懸掛木牌，發出了「砍伐皇柏者槍斃」的禁令。現在大陸亦頒布了古柏管理條例，還先後三次清理登記、掛牌編號，對枯萎和處於危險環境的古柏進行了加固維護；每年都要進行群眾性防病、治蟲、補植幼柏等工作。

歷經滄桑　國之珍寶

正是因為這些保護措施，才使翠雲廊古柏歷經千古滄桑，仍延年至今，且更加生機盎然、茂盛蒼翠。難怪這舉世無雙的古老行道樹群體，被譽為「世界奇觀」、「蜀道靈魂」、「國之珍寶」。

翠雲廊，真是當之無愧的蜀道明珠！

走進德州（一）

——休士頓

二〇一一年住休士頓的老同學肖娟、鳳北夫婦來訪，於四處遊覽中，相談甚歡。臨別，知先生極喜釣魚，誠邀我們去休士頓一遊，那兒近Galveston海港。先生一聽，眼睛發亮。惜那時沒空，待二〇一三年剛開春，便興沖沖地與他們訂下了九月中旬的釣魚之旅。

春去夏來，月曆一頁頁撕去，臨到九月，先生的一顆心開始騷動不安，準備這樣、那樣，甚至將冷凍箱都先買好。為了方便裝載魚回來，決定開車遠征。從所住的新墨西哥州Rio Rancho城郊到休士頓單程約九百英里，需開十五、六個小時。陌生城市，路不熟，即使有導航儀，還是擔心晚上會看不清路牌街名，最好是天黑前抵達，於是我們半夜兩點半出發。

夜，深沉寂靜，窗外一片漆黑，在四十號公路上奔馳了四個多鐘頭後，迎著晨曦，跨過邊界進入德州Amarillo城。改換二八七號公路，天漸大亮。放眼望去，滿眼綠意，好舒服，跟我們那兒公路兩旁入眼是黃土荒漠的景觀大不相同。

途經達拉斯，也許是在小城住久了，突見巍然聳立的摩天大樓、數條立體交叉的高速公路、擁擠如潮的車流，好像鄉巴佬似的，我竟有種緊張心慌的感覺。過了這忙碌的大城，改換四十五號公路。

入休士頓，碰到下班時間，高速公路上的車輛增多，一邊看高速公路上的路標，一邊要看導航儀，神經緊繃。有時不甚明白導航儀指示，來不及換車道出去，在下一個出口趕緊出去後，按指示走，怎麼又重上了高速公路？越開越覺不對，可想而知，我們迷路了。

惶惑中，手機鈴響，是肖娟打來的，問我們在哪裡？告訴她公路旁的店名，她一聽就說：「你們開過頭了。」鳳北接過電話，指示我們該怎麼往回開，待開到他們位於糖城（Sugar Land）的豪宅時已是下午六點半，整整開了十六個小時。

擱下行李，即上他們車，至餐廳Landry，為我們洗塵接風。一路風塵僕僕地趕，此時放鬆下來，眼前熱騰騰的海鮮，一入口，美味極了！

累了一夜一天，這晚，睡得特別香甜。

次日，安排市區遊。鳳北沿途細心解說，好讓我們充分認識休士頓。

休士頓是德州最大的城市。包括周圍六個縣的大休士頓地區，面積約為六千三百平方英里，人口約四百卅萬；單休士頓市區面積約為六百廿七平方英里，大於紐約。休士頓市區人口兩百廿多萬，是全美僅次於紐約、洛杉磯、芝加哥的第四大城市。目前亞裔約有一百廿六萬人，華人也已超過廿七萬，教我這來自城小、華人少的鄉下人羨慕不已。

全世界最著名的《福布斯Forbes》財經雜誌，於二〇一三年七月廿六日的雜誌上編列這擁有「能源之都」、「太空之城」以及「世界醫療中心」美譽的休士頓，是最適宜居住的新潮時髦城市榜首、全美最「酷」的城市。這跟政府推行親商政策，經濟發展多元化，吸引了大批年輕專業人士前來定居不無關係。

鳳北將車開向River Oaks的富人區，介紹我們看看政要名流或名商大賈才住得起的庭院深深、樹木參天、碧草如茵豪宅。這種房子，看來不單是要買得起，還得養得起才行。兜一圈後，續開向著名的景點。

赫曼公園（Hermann Park）

佔地一百六十五公頃，位於市中心西南，被德州醫學中心、萊斯大學（南方哈佛）及眾多的博物館包圍。在西南和東北門口分別矗立著公園捐助者赫曼（George Hermann）和德克薩斯先驅者休士頓（Sam Houston）的雕像。

赫曼原在這公園所在地經營鋸木廠，後從事房地產，一九〇三年因其所投資之地挖出了石油而致富，晚年將此公園捐贈給政府。一八三六年，德克薩斯宣布獨立，山姆・休士頓將軍在此戰役立下了赫赫戰功，成為人們景仰的先驅，被選為首任總統，並以其名休士頓作為共和國的首府。

坐上紅色觀光小火車繞園一周，可訪日本花園、米勒露天劇院、高爾夫球場。我們雖沒乘坐，但眼前那藍天白雲、成蔭綠樹……就已令人心曠神怡了。

聖哈辛托戰場國家歷史公園（San Jacinto Battleground）

亦即德州「獨立革命」紀念公園。離市中心約廿英里，佔地一千一百英畝。在蒼茫原野中，高聳入雲的紀念碑，似擎天一柱，特別引人注目。它高五百七十英尺，是世界最高的石柱紀念碑，比華盛頓紀念碑還高十五英尺。頂上還有顆象徵德州標誌的孤星，重兩百廿噸，高卅三英尺。

此碑是一九三六年為紀念聖哈辛托戰役結束一百年而建。八角基座上刻劃了八幅浮雕，描繪此戰役重要的時刻及六百字敘述「獨立戰爭」的史實。紀念碑是用重約九萬噸的貝殼石砌成。這種石頭約一百萬年前形成，肖娟指著石面，要我們看地殼變遷留下的凹陷貝殼印記，它如今仍清晰可見，真是不可思議。

紀念碑底部是歷史博物館，一踏入即看到牆上掛著醒目的「Texas Forever!!」布條，室內展示著一八三六年休士頓將軍率領軍隊，僅用了十八分鐘就擊敗桑塔・安納將軍所率領的墨西哥軍隊，決定了德克薩斯獨立的整個過程，並輔以作戰時的槍劍、戰袍、旗幟等物品展出，及一八四五年成為美國第廿八州的進程。

我們乘坐電梯，直上紀念碑的頂端。通過八個窗口，及四面望遠鏡可看見公園景色：正前方那長長的倒映池，與華盛頓紀念碑及林肯紀念堂間的倒映池一個樣；曾參加一戰和二戰的「德克薩斯號」戰艦停泊在聖哈辛托河畔；田野上遍布煉油廠與化工廠；航行於休士頓港的船隻正忙著運輸……

收回視線，低頭沉思，古戰場的歷史與現今場景在腦海交相疊合，當年的硝煙戰火聲彷彿在耳畔響起。於此高塔上，忽發奇想，這些英烈們的靈魂是否還在此縈繞徘徊？對著高空，向他們致上我莊嚴肅穆的禮敬。

Kemah Boardwalk遊樂場

這碼頭樂園建築於海灣上，四周由木板步道圍繞著，花木扶疏，詩情畫意。有多種遊樂設施，或許是因去過迪士尼樂園，加上年紀大了，對這些個遊樂設施是看看就好。園內還有多家餐廳、商店、遊船等，可慢慢觀賞遊覽。

坐在沿著海岸邊建的Landry餐廳內，悠閒地看著窗外的遊客走來走去。待我們用完中餐後亦去木板上走走，吹吹海風，聽聽海水拍岸的浪濤聲。對住在半沙漠地區見不到海的我們，這可是種難得的享受。想像著夕陽西下，瑰麗的晚霞染透了海水，一輪落日，緩緩沒入時，那景致該是何等壯麗！待日落月出，「海上生明月，天涯共此時」的那份情又該是何等動人！

休士頓的太空中心（Space Center Houston）

這是一個專為遊客設計的旅遊設施，也已成為最吸引遊客的景點。有返回艙、月球岩石等實物展品，歷次太空任務的成列，太空人生活展示，還可看太空飛行、登月及星際旅行的電影及登月的火箭。

從這裡進入，搭遊園車方可參訪美國太空總署詹森太空中心（NASA Johnson Space Center）。NASA（National Aeronautics and Space Administrations）是美國最大的太空研究、生產及控制中心。太空火箭、飛機都在佛羅里達發射，但控制卻是在這裡完成。「Houston! We have a problem!」這是電影阿波羅十三的經典台詞，這台詞後被廣泛使用。阿波羅十三是預計要登月的太空船，卻在太空發生儲氧槽爆炸，太空人生命十分危險，立即回報休士頓控制中心「Houston! We have a problem!」，最後在控制中心的引導下繞過月球，使用月球引力將太空飛行器送上返回地球的軌道，三名太空人得以安返。

我們搭上遊園車後去繞NASA。第一站先到控制中心——美國太空計劃的靈魂，在這裡看指揮阿波羅任務的指揮室。第二站有各國家的太空艙，還可看見有人正在裡頭工作。第三站是看真正的大火箭。

來自世界各地的遊客絡繹不絕，看來大家跟我想的一樣：此生必來此一遊！

返回住處已七點多，鳳北問先生：「累不累？今晚十二點去Seawolf Park釣魚，釣整夜。」先生喜孜孜地忙說：「不累。」呵，我知道他期盼了那麼久，有魚釣，哪會累?!鳳北又說他認識一個專業釣魚的人Joel，會安排跟他出海釣一次，先生更是樂開懷。

送走這兩個嗜鈞的人，屋子裡頓時安靜下來，肖娟與我在這靜靜的夜晚，享受屬於我們兩人的美好時光。燈下對坐，共同回憶難忘的台南女中歲月。那時肖娟、昌文、冬艷與我，四個人是死黨，常黏在一起，歡聲笑語不斷，每天總有說不完的話。放學後才剛分手各自回家，就已迫不及待盼望第二天相聚。惜高二時昌文父親過世，她家原本因父親工作的調遷由台北搬來，此時決定舉家遷回。南北相距遙遠，那時交通沒現今方便，加上忙大專聯考，漸漸地我們失去了聯繫。

聯考放榜，肖娟、冬艷與我三人考進台大，肖娟進了農學院的植物病蟲害系，冬艷進了商學院的國際貿易系，而我進了文學院的外文系。三個人興趣不同，填寫的志願不同，但無礙於我們共住女生第八宿舍三〇七室，每天晨昏與共。大二時，冬艷搬進了法商學院宿舍，而我身兼兩個家教，忙翻天，為節省爬樓梯時間，搬下一樓。從此三個人再也沒能如過往般形影不離。畢業後，更是天各一方，與冬艷尚有聯繫，與肖娟卻斷了音訊。

四十年後，在洛杉磯第一次舉辦的台南女中同學會上，與肖娟乍相逢，我們喜極相擁，感覺似又回到從前，流逝的歲月不曾在我們中間劃下鴻溝。人生能有幾個四十年可供虛耗等待？自那時起，我們開始以Email與電話保持聯絡。

有人說老友如酒，越久越醇，只要相見，那微醺的感覺，回味無窮。此時手中捧著茶，我忽然想：老友也如茶，每個階段都有不同的味道。濃時，苦澀回甘；淡時，清香沁心，這蘊含的甘醇友情耐人細細品味。

夜已深，互道晚安前，肖娟說下個行程是去參觀能源博物館。太好了，鳳北是石油專家，期待藉其長才瞭解德州以此發跡的整個過程。今夜我是否會做個滿地流淌的不是牛奶與蜜，而是汩汩冒出的石油夢？

走進德州（二）

——能源博物館

微雨中，鳳北、肖娟夫婦帶著我們，一早從休士頓開車向位於它東北方的柏芒（Beaumont）前進。兩城相距八十七點六英里，開了一個半小時抵達。

柏芒不大，面積八十五點九平方英里，原是以木材業和碾米廠為主的小鎮。一九〇〇年人口僅約九千人。一九〇一年發現了石油，四面八方立即湧入採油礦之人，人口頓增至兩萬多，所造成的繁榮，使它成為德州十大城市之一。七〇年代，達至高峰，人口約十一萬九千，後受石化工業自動化的影響，人口略減至十一萬五千，如今是十一萬八千，這麼多年來人口幾乎沒什麼變化。它現為德州第廿四大城。

德州能源博物館（Texas Energy Museum）

此行重點為參觀位於此城的這座能源博物館。館前，綠油油的一片草地，在雨水的沖洗滋潤下，晶瑩清亮。也許不是週末，加上細雨霏霏，整座博物館的遊客僅我們四人。鳳北從事石油開發及管理工作卅多年，成為我們最佳嚮導，真是何其有幸！

一踏入博物館，即被牆上大幅地質結構圖案所吸引，二樓展示石油開發的歷史過程及圖片，還製作了會說話的塑像人物，增添了趣味性。我蠻喜歡有張顯示一九〇一至一九四〇年的石油發展分佈圖，只要按底下的紅燈，代表年份的燈一亮，產油地區的燈就相應亮起來。讓人對其分佈過程有個概念。

一九〇一年一月十日，由總領Anthony Lucas負責挖掘位於柏芒城南紡錘頂（Spindletop）的一口井，挖到一千一百卅九英尺深時，噴出了一百五十英尺高的石油，一舉成名，轟動了全世界。每天石油產量有十萬桶，那張噴油照片〈The Lucas gusher at the Spindletop〉，成了永恆的見證。

藏油的地質結構有三層：最底下的生油岩（Source Rock），為古代的有機物經過漫長的壓縮和地下高溫加熱後，逐漸轉化成蠟狀的油頁岩，後退化成液態和氣態的碳氫化合物，由於它比附近的岩石輕，往上滲透到第二層：即中間多孔性的岩石（Porous Rock），這些碳氫化合物聚集到一起，形成油田，石油從這層開採；頂端的蓋層岩（Cap Rock），覆蓋著岩層，使石油無法穿越，而將它牢牢鎖在下面，不致散失。

今天的地質學家使用重力儀、磁力儀來勘探油田。地表附近的石油，可用露天開採方式；埋藏較深的石油，需用鑽井才能開採；而海底下的，則需使用石油平台來鑽與開採。為了將鑽頭鑽下來的碎屑及潤滑和冷卻液輸送出鑽孔，鑽柱和鑽頭是中空的，鑽井液由中空的鑽柱被高壓送至鑽頭，而鑽井泥漿則被這高壓通過鑽孔送回地面。鑽柱越來越長時，使用螺旋來連接在一起，可繞彎鑽井，從側面開採，而不損及地面上需受保護的建築。為便於長鑽柱的操作，一般在鑽孔的上方建立一個鑽井架來操作。

離開能源博物館時，原對石油一無所知的我，現約略有了粗淺的認識。

Spindletop——Gladys City Boomtown Museum

接著我們來到柏芒南邊的紡錘頂Spindletop——Gladys City新興城市博物館。參觀這在當時噴出石油，成為全世界產量最多，劃下石油新紀元且扭轉了德州及美國石油經濟發展的過程。

這座博物館是一九七六年為紀念一九〇一年紡錘頂鹽丘發現石油而興建，坐落於Lamar University校園內，屬於該校所擁有並由其掌管。除供旅客遊覽，亦可做教學用。

一九〇二年此地曾有兩百八十五座油井開挖，六百家石油公司註冊。可惜由於過度開採，許多油氣耗盡，盛景如曇花一現，一九〇三年開始衰退。此後十年間，如同鬼域，直至一九二六年，有了深層鑽探的新技術，再度發現石油，此城才恢復了生機。

該館進口處，有間販賣紀念品的小店。往裡走，可看見四周有木板搭建的房子，反映出當年的生活，有石油交易、印刷機件、小木屋沙龍……等，當中還有個醒目的鑽井井口鐵架塔模品。

館旁空曠的田野，正是當年紡錘頂油井處，隔它四英尺遠，於一九四一年建造了一座高廿五英尺的石碑（The Lucas Gusher Monument），紀念油井噴出石油這歷史性的一刻。

離開此地，朝今晚住宿的Longview城進發。一路上先是微雨，後來轉成滂沱大雨，雨刷都來不及刷，視野不清。肖娟與我擔心地直說：在路邊停停吧，可是英勇的兩位先生置若罔聞，照開不誤。還真有本事，終於安全開到了Longview。

次日，我們前去Kilgore，參觀另一座石油博物館。

東德州石油博物館（East Texas Oil Museum）

這座博物館坐落於Kilgore大學校園，以電影、木偶戲、實際尺寸的人、車、店鋪、工具、動物、機件等來展示一九三〇年代如何發現石油及新興城市人們的生活、工作與娛樂。空中不斷地傳來音樂及說話聲，很有臨場感，彷彿我們也生活在那個年代。這極具聲光效果的展覽，非常生動有趣，令人印象深刻。

步出博物館，想著德州命脈的石油工業，攸關多少人的生命財產，其中不乏曲折動人的故事。許多電影、電視劇的劇情皆以它為背景，膾炙人口者，就有連續劇《朱門恩怨》（Dallas）、電影《巨人》（Giant）。尤其《巨人》，由三位大明星伊麗莎白泰勒、洛赫遜、詹姆斯狄恩主演，明著是三角戀情，描寫愛恨情仇，實際上卻是展現德州因石油而致富的景象。也許是因詹姆斯狄恩拍此片時，電影尚未殺青，即車禍而亡，他那股桀驁不馴的味道，令世人更加懷念。影片中的〈德克薩斯的黃玫瑰〉曲調不由得在腦海中響起。

眼前出現泰勒玫瑰花園（Tyler Rose Garden），我們停好車進去走走。這兩天看多了不管是博物館，或是路上矗立於田野中，兩端不停的上下起伏，俗稱為「點頭驢子」（Nodding Donkey）的抽油機械（Pumpjack），這會兒有芬芳的玫瑰花來調劑，多麼美好！

忽然瞧見一朵碩大嬌豔的黃玫瑰，傲視群芳地亭亭玉立著。這時我突然明白——為什麼不是德克薩斯的紅玫瑰或白玫瑰？而是黃玫瑰！即使有人說這黃玫瑰是代表黑白混血的女子，可是有那麼多個版本，不必限於這一個。將我喜歡的一個版本okman所翻譯的歌詞列於下：

There's a yellow rose in Texas,
That I am going to see,
Nobody else could miss her,
Not half as much as me.
She cried so when I left her,
It like to broke my heart,

And if I ever find her,

We nevermore will part.

在德克薩斯有一株黃玫瑰，

我渴望去見上一面，

沒有人能忘卻對她思念，

但都不及我的一半，

當我離別時她淚流滿襟，

那真讓我心碎。

如我能將她找到，

我們再也不要分離。

She’s the sweetest little rosebud that Texas ever knew,

Her eyes are bright as diamonds,

They sparkle like the dew;

You may talk about your Clementine,

And sing of Rosalee,
But the yellow rose of Texas is the only girl for me.
她是德克薩斯最甜美的玫瑰花蕾，
她的雙眸光采如鑽石，
晶瑩如朝露。
你可以諂媚你的克萊嫚婷，
也可以為你的羅莎莉高歌，
但那德克薩斯的黃玫瑰卻是我惟一的最愛。

When the Rio Grande is flowing,
The starry skies are bright,
She walks along the river in the quiet summer night;
I know that she remembers,
When we parted long ago,
I promise to return again,

And not to leave her so.

當那格蘭德河水潺潺流過，
皎潔星空明亮，
在這寂靜的夏天夜晚她留連於河畔，
我知道她依舊懷念著
當年我們的離情，
我承諾將回到她身旁
永不再分離。

Oh now I'm going to find her,
For my heart is full of woe,
And we'll sing the songs together,
That we sung so long ago;
We'll play the banjo gaily,
And we'll sing the songs of yore,

And the Yellow Rose of Texas shall be mine forevermore.

噢！現在我的心中充滿了悲傷，

我定要將她找到。

然後我們將一起歌唱，

唱遍往日的情懷。

我們將歡悅的彈奏班卓琴，

唱回舊日的時光。

那德克薩斯的黃玫瑰，將伴隨著我直到永遠永遠。

這首歌，優美的旋律與動人的歌詞不斷地在心中迴盪，是此行很好的紀念，就這麼一路伴隨著我們，從泰勒城返回了休士頓。

走進德州（三）

——蓋文斯頓海釣

一大早，隨著鳳北、肖娟夫婦從休士頓糖城（Sugar Land）出發，車開約一個小時左右，跨過連接兩處的長橋就來到了蓋文斯頓（Galveston）海邊。

蓋文斯頓面積兩百零八點三平方英里，人口約四萬七千八百。一八三六年曾是德克薩斯共和國的首都，風光一時。一九〇〇年颶風來襲，以每小時一百四十五英里的風速橫掃此地，滾滾巨浪沖毀淹沒了所有房屋家園，約六千至一萬人死亡。所受重創使其成為美國歷史上最大致命颶風記錄的保持者，加上每隔十幾年就有大颶風來襲，即使擁有墨西哥風情的街景及海岸線特長的優美海灘，至今仍未能恢復往日的繁華榮景。

釣客陸續到達，八點一到，憑票依序上了這條名為Cavalier的釣船。船周邊已排好編了號碼的釣位，上插魚竿。按手中持票的號碼就位，腳邊甲板上還放了桶魚餌供用。先生從桶裡挑了肥大切成小塊的墨魚餌，鉤好後，將魚竿交給我。他知道我不釣魚，這次破例，純係不願掃大家的興。我手持著魚竿，邊遠眺無「秋色連波，波上寒煙翠」的灰濛濛一色海天；近看忽高忽低飛旋的海鷗，心中則邊開始默念經咒。

船上已有人發出歡呼聲，肯定是釣到魚了，我們四人的釣竿都還沒有動靜。先生忙來忙去，已不知換過幾次魚餌了，他看我這悠閒樣兒，要我把釣竿拉起來檢查看看，也順便替我換餌。捲輪軸時，感覺怎麼有點份量，先生說有魚了！我就把魚竿交給他，看他費力捲的表情，也許是條大魚，趕緊唸文殊師利菩薩的往生咒。拉上來一看，果真是條長約卅八英寸、重約四十磅的大紅鼓魚（Red Drum）。

沒一會兒，先生釣到一條同樣的魚，按規定，釣到這種魚，需買Fishing tag才行，只有鳳北有，剛剛已用在我那條上，這條只好送給別人了。這Tag是允許他一年能釣及擁有一隻超過廿八英寸的紅鼓魚。

鳳北與先生續釣到幾隻小魚，都放了回去。四個小時一到，船就起錨回港。全船約廿人左右，竟然釣到十七條這種大紅鼓魚，鳳北說通常一條船出海，紅鼓魚頂多釣個幾條，沒想到今天會有這麼多，實在少有。

在海邊的Landry餐廳用過中飯後，我們就搭渡輪到波利瓦（Bolivar）半島。這渡輪於蓋文斯頓及波利瓦兩半島間定點往返，免費搭乘（住德州的好處又多加一條）。一週開七天，除了颶風天外，每天廿四小時營運，由德州交通處經營。單程廿分鐘，汽車可直接開上去。它是八十七號公路的延伸，屬於海上公路的一部分，船上的甲板畫上和公路一樣的黃色動線，好有趣。大家依照指揮者的指示，依序停靠在甲板兩側。車停妥後，可下車至船首、船尾或登上二樓欣賞海景。有的旅客喜用麵包餵食，迎來大批海鷗在船四周盤旋環繞。我們運氣挺好，還看到海豚忽隱忽現地在不遠處嬉遊。

渡輪以每小時十至十二海浬速度前行，到岸後，從不掉頭，因它是採雙頭制，頭尾各有同式的駕駛艙。抵達終點，走過二樓船艙屋頂，進入另一端駕駛艙，即可航向回程。

波利瓦島也是釣螃蟹的好地方之一，我們沒計劃釣，就向店家買些帶回去。也許經年有颶風的關係，這裡所蓋的房子皆是架高了的，底下有數根水泥柱撐起，像吊腳樓似的。有的房屋毀損後沒重修，一幅災後破敗慘象，可能是人已搬走，留下來的、捨不得走的人，就擁抱自己家園，打算與颶風奮鬥共存亡吧。

經過一長堤，看見有人在釣魚、撈螃蟹，我們就好奇地走過去瞧瞧，也順便伸展活動下筋骨。

回程搭渡輪，上岸後，沿著海岸線到Surfside Beach看看。落日徐徐下沉，餘暉籠罩著海面，好美！見天色漸晚，夜色即將四合，就返回，結束了這一天的海釣與沿海行。

一到家，肖娟把螃蟹倒進水槽，用把小刷子，認真仔細地刷每個部位。先生平日是沖一下水，就丟進蒸鍋裡，從沒見過這麼功夫地刷洗，忍不住說：「螃蟹又不髒。」還直叫：「好了啦，夠乾淨了啦！」肖娟回說：「好髒，得好好刷，沒刷乾淨，怎麼能吃?!」這兩人的對話，令我莞爾。

蒸好後一大盤端上桌，燈光下，隻隻色澤清亮紅澄，呵，這輩子，還從未見過這麼乾淨美麗的螃蟹！超感動！

平日在家，兩個人面對面用餐，今天有四個人，覺得好溫馨舒適。可惜的是：「才記來時，恰是歸時！」人生沒有不散的筵席，這頓愜意的晚餐給我們豐盛的休士頓行畫上了完美的句點。期待他日有緣再相聚！

走進德州（四）

——達拉斯（甘迺迪總統之死）

一九六三年十一月廿二日中午十二點半，美國的甘迺迪總統在德州達拉斯遭槍手暗殺身亡。消息傳來，舉世震驚。記得那時在校園裡同學們相見，皆紛紛議論此事。沒想到五十年後，竟能親臨暗殺現場。

鳳北、肖娟夫婦帶我們參觀完Kilgore的東德州石油博物館後，經Tyler城即開向達拉斯，再返回休士頓。到達達拉斯案發的迪利廣場（Dealey Plaza），我們停好車，即看到已有不少人在那兒張望，槍擊地點的路上，還畫上大大的×，不言而喻，這裡已成為觀光景點。每一天彷彿都是一九六三年十一月廿二日，觀光客在那兒流連、拍照、討論。還有人出了書，為遊客當場解說推銷。

當年槍手Lee Harvey Oswald就是從那棟建築物——「教科書倉庫」的六樓窗口用長距離步槍發射，一槍射中甘迺迪頸背，一槍射中後腦，血濺賈桂琳的粉紅色香奈兒套裝。案發後，賈桂琳堅拒換下這套血衣，她對副總統詹森夫人等人說：「讓他們看看他們對傑克做了什麼！」這套從未清洗過的套裝，現存放在馬里蘭州學院公園的國家檔案局內，根據卡洛琳甘迺迪於二〇〇三年簽訂的合約要求，成為悲劇象徵的此套裝一百年內都不能展出。

這棟大樓已改為公務員辦公大樓，六樓則是博物館，裡面展示有甘迺迪的詳細生平和案發當天的種種細節。整個事件顯得離奇，因總統遇刺後，Lee Harvey Oswald被逮捕，才過兩天，他就在媒體攝影機前公然被另一男子Jack Ruby殺害，而Jack Ruby於一九六七年因病死於獄中。雖然ＦＢＩ調查結果，係Lee Harvey Oswald一人所為，沒有共犯，但多數美國人不信，兇手動機不明，且死無對證，懷疑背後有很大的陰謀。

有人說是政治因素、槍手認錯目標等，還有人傳言，可能是詹森、賈桂琳，現更出現是特勤的槍支走火意外打死的，而非陰謀策劃，但特勤局已矢口否認。眾說紛云，令人迷惑。無可置疑，這已成為歷史奇案，真相似永無大白的一天。

年方卅四歲的賈桂琳，冷靜理智地精心規劃甘迺迪的悼念儀式和葬禮，她，在美國人心中儼然已成為永遠的第一夫人。令我驚訝的是五年後，她嫁給了希臘船王歐納西斯。是什麼令她嫁給他？金錢？權勢？還是愛情？每個人都有追求幸福的權利，雖然在我心中，又多了層迷惑，還是祝福她找到她認為美滿的歸宿，可惜最後仍以離婚收場。

同為第一夫人，這讓我想起了宋慶齡。國父去世時，她年僅卅二歲，由於國母的特殊身分，她沒有再婚，孤獨地走完這一生。也許中西方觀念不同，不管她們倆的日子過得多麼不一樣，但我相信，有一點是共同的，那就是內心深處的寂寞。

甘迺迪雖然走了五十年，他於一九六一年一月廿日正式宣誓就任為美國第三十五任總統，在就職演說中提到的：「不要問你的國家能為你做些什麼，而要問一下你能為你的國家做些什麼。」（Ask not your country can do for you. Ask what you can do for your country.）這成了美國總統歷次就職演說中最為膾炙人口的名句，至今還在大家心中發光發熱。

真是令人震撼！它適用於每個國家的國民。如果每個人都能如此捫心自問，為國家承擔起更多的責任與盡更多的義務，相信這個國家的國運必定能扭轉乾坤，步向強盛！

讓我們彼此共勉！

北美華文作家系列18　PG1193

天地吟
——雲霞文集

作　　者 / 雲　霞
責任編輯 / 陳思佑
圖文排版 / 楊家齊
封面設計 / 秦禎翊

發 行 人 / 宋政坤
法律顧問 / 毛國樑　律師
出版發行 / 秀威資訊科技股份有限公司
114台北市內湖區瑞光路76巷65號1樓
電話：+886-2-2796-3638　傳真：+886-2-2796-1377
http://www.showwe.com.tw
劃撥帳號 / 19563868　戶名：秀威資訊科技股份有限公司
讀者服務信箱：service@showwe.com.tw
展售門市 / 國家書店（松江門市）
104台北市中山區松江路209號1樓
電話：+886-2-2518-0207　傳真：+886-2-2518-0778
網路訂購 / 秀威網路書店：http://www.bodbooks.com.tw
國家網路書店：http://www.govbooks.com.tw

2014年9月　BOD一版
定價：340元

國家圖書館出版品預行編目

天地吟：雲霞文集 / 雲霞著. -- 一版. -- 臺北市 : 秀威資訊科技, 2014.09
面； 公分. -- (語言文學類 ; PG1193)
BOD版
ISBN 978-986-326-283-1 (平裝)

855　　103015933

讀者回函卡

感謝您購買本書，為提升服務品質，請填妥以下資料，將讀者回函卡直接寄回或傳真本公司，收到您的寶貴意見後，我們會收藏記錄及檢討，謝謝！如您需要了解本公司最新出版書目、購書優惠或企劃活動，歡迎您上網查詢或下載相關資料：http:// www.showwe.com.tw

您購買的書名：________________________________

出生日期：________年________月________日

學歷：□高中（含）以下　□大專　□研究所（含）以上

職業：□製造業　□金融業　□資訊業　□軍警　□傳播業　□自由業

□服務業　□公務員　□教職　□學生　□家管　□其它_____

購書地點：□網路書店　□實體書店　□書展　□郵購　□贈閱　□其他

您從何得知本書的消息？

□網路書店　□實體書店　□網路搜尋　□電子報　□書訊　□雜誌

□傳播媒體　□親友推薦　□網站推薦　□部落格　□其他__________

您對本書的評價：（請填代號　1.非常滿意　2.滿意　3.尚可　4.再改進）

封面設計____　版面編排____　內容____　文／譯筆____　價格____

讀完書後您覺得：

□很有收穫　□有收穫　□收穫不多　□沒收穫

對我們的建議：________________________________

____

____

____

請貼
郵票

11466
台北市內湖區瑞光路 76 巷 65 號 1 樓
秀威資訊科技股份有限公司 收
BOD 數位出版事業部

（請沿線對折寄回，謝謝！）

姓　　名：＿＿＿＿＿＿＿＿　年齡：＿＿＿＿　性別：□女　□男

郵遞區號：□□□□□

地　　址：＿＿＿＿＿＿＿＿＿＿＿＿＿＿＿＿

聯絡電話：(日)＿＿＿＿＿＿＿＿（夜）＿＿＿＿＿＿＿＿

E-mail：＿＿＿＿＿＿＿＿＿＿＿＿＿＿＿＿